褪色的我與染上夕色的妳

狼人殺謀殺案

作者 M.S.Zenky
插畫 寿なし子

目錄

序章

常有人將置身囹圄的自我，比喻為困在水缸裡的魚。

殘酷一點的故事設定，還會是毗鄰大海的港口人家所豢養的一尾熱帶魚。

魚缸擺在窗邊，隔著雙層透明的玻璃，便能遠眺浪花飛白的汪洋大海。

細心傾聽，或許還能聽見偶爾靠岸的鯨豚挑釁似地歡樂高歌，而伴隨著自己的，只有不斷發出噪音的煩躁馬達。不停湧升的氣泡，在碰觸到幾公分高的水面後脆弱地破碎消散。

也常常有人將之譬喻為關在籠中、無法振翅飛翔的鳥。

終日仰望被金屬欄柵分割的藍天白雲，畢生無法得知青空的全貌，更無法自由自在地投身其中。

不時飛來的麻雀與九官鳥，總側著頭嘲諷鳴叫，再趁其不備，偷啄幾粒落在籠外的穀物飼料，洋洋得意地離去。

然而，在我狹隘的眼裡，不管是被飼養的魚還是被囚禁的鳥，牠們仍然擁有一絲絲微乎其微的幸福，與一點點並非遙不可及的希望。

我很羨慕牠們。

至少，牠們不像我。

不像我，連自己是魚、是鳥——都不知道。

CASE 05

狼人殺謀殺案

第一章　冬月裡的三重奏

——好安靜。

我把鬧鐘拿出去了。

忘記那是哪一天，我就這樣躺著，疲憊地躺在床上，眼前是灰撲撲的天花板。

滴、答、滴、答、滴、答、滴、答。

太過安靜，耳朵裡像被無數的鬧鐘塞滿了，千篇一律地提醒著：你，仍活著、時間仍在向前走、日子一天一天地流逝、所有的人都在邁開步伐不斷前進……

於是我把鬧鐘拿出去了。

拖著步伐，沿著黑暗的長廊，來到盡頭的門前，將鬧鐘關在畫室裡頭，然後，轉身，蹣跚地回到我的房間。

——好安靜。

只要氣密窗關緊，屋外的人造聲響會被完全隔絕，再拉上厚重的遮光窗簾，就連拍打窗戶的風聲也模糊不清了。

沒有鬧鐘後，我的世界總算安靜無聲。

多數時候，我都是成大字形躺在床上。

身體雖然時常發冷，滿是皺褶的床單卻因為我的身體而隱隱透出略為潮濕的黏膩。

眼前是慘澹的天花板，朦朧得彷彿總是霧氣繚繞。

我有時覺得自己浸泡在一窪無人知曉的湖水裡。

湖泊靜謐，呼吸時淒清的空氣從鼻尖鑽入，順著氣管逐漸占滿我的胸腔，低溫幾乎將我凍結。

有時又發現自己窩在一池凌亂的水槽中，賴以為生的自來水不斷流失，但我彷彿隨時都會溺死似地，掙扎地抓著喉間，無法呼吸。

不過，我只是一直躺在自己的房間裡，躺在自己的床上，看著天花板。

——好累。

全然的寂靜，耳膜卻被看不見的空氣脹滿，聽不到鬧鐘的滴答聲，卻聽見了無法理解的聲音，一開始悶悶的，像躲在被子裡、用枕頭包住腦袋，接著是一個細微又尖銳的頻率，它像街上老舊腳踏車的煞車聲連綿不斷，從我的左耳貫通到右耳，像一根針、一根刺，即使我將手指塞進耳中，也無法制止它撓攪我的大腦。

「小譽，起床了嗎？」

門外傳來中年婦女溫柔的探詢。奇怪的聲音不見了，我又能靜靜地躺著了。

紅嬸是從小照顧我的保母阿姨，她和擔任司機的藍叔自我有記憶以來便一直陪在我的身邊，為我打理生活起居與我做不到的一切事務。

他們總是和藹可親，凡事為我著想，我沒有看過他們臉上未帶微笑的模樣。

——即使我變成現在這副德性。

「小譽，我開門了喔。」

沒有力氣回應。我側了身，背對門口。

門縫滲透的光線映照在前方的牆上，輕薄的反光刺眼得迫使我闔上眼皮。

「今天要去學校嗎？」

我如同煮熟的蝦子，蜷縮被單裡。

「這樣啊……沒關係，小譽好好休息就好了，等等紅嬸做好早餐再來叫你。」

光線揮散，瞬間又墜回那窪只有我存在的陰冷深潭。

紅嬸柔和的嗓音，從我的舌根一路苦澀到胃部，逆時鐘翻攪。

好想拜託她，不要再對我這種人那麼溫柔了。

我好想大聲地回話，像個正常的叛逆小孩，對所有待自己良善的人吼道：「不要管我！」

我好想下床，好想離開這潭湖水，好想走出灰濛濛的房間。

——好想振作起來。

昨天的我這樣對今天的我說，今天的我如此對明天的我說。

每一天、每一天，我都好想振作起來。

每一天、每一天，我卻都只是躺在這裡。

什麼都做不了、什麼都辦不到，連下床走進洗手間都變得好困難，身體沒有力氣，好像再也不會有精神了。

記不太清楚，自己是什麼時候變成這個樣子的。

之前，美術社召開鑑賞大會，我是在接下報名表時，才發覺搞錯了截止日。

大家嘻嘻哈哈地將成品擺上黑板，輪流上臺介紹自己的畫作、闡述自己的觀點與心情，五彩繽紛的畫與他們燦爛的喜悅在教室的每個角落活力四射地跳躍著，唯獨我格格不入。

我沒有畫完我的畫，而且是一幅我一點都不喜歡，但當時的我卻只畫得出來的——那種噁心、恐怖、蒼白無力的畫。

輪我上臺，必須對那幅未完成的詭異作品進行解說時，那名不屬於美術社的少女堂而皇之地闖入，展示一張來自指導老師的許可書，毫無畏懼地揭露一連串與美術社息息相關、發生在我的身上的——

門牙不由自主地咬著下唇。

陰謀？詭計？還是霸凌？

直到現在，我始終無法如此稱呼那些事情。

——那些發生在我身上的事情。

真相揭露之後，解救了我的她，強硬地拉著我離開了美術教室，遠離了我期待了一輩子的美術社。

我曾經妄想能夠成為我的「家」的替代品。

日子一天一天如常地過著。每天早上吃過紅嬸做的美味餐點，藍叔載我去學校，同班的兒時玩伴育熙總在校門口等我，我們會一邊隨意聊天，一邊走進愛班教室，接受同學表情曖昧的玩笑話，看著育熙氣急敗壞地追著他們跑，熱熱鬧鬧揭開高中日常的序幕。

我以為我可以繼續過著平靜的校園生活。

我也以為，我可以在休息一陣子後，拾起畫筆，嘗試畫些自己真正想畫的東西。

「尹心譽！你不用待在這種地方也可以畫畫！」

在被美術社社員團團圍住，不知如何是好時，她牽起我的手，目光如炬地對我說道。

我不知道她為什麼那麼相信我、那麼相信我的畫，明明只看過我兩幅畫作，而且都是我自己非常厭惡、恨不得燒毀的可怕畫作。

但在第一起事件真相大白的那天，寧靜安詳的清晨校園裡，她接過我黑暗、雜亂、不協調的石膏像素描時，臉上卻綻放了罕見的燦爛笑容，我這才知道，行為舉止有些特異的她，原來也能像個普通高中女生一樣笑著。

我本來，還妄想為那張被陽光照耀得閃閃發光的笑顏畫一幅畫。

過沒幾天，美術社的社員開始與我不期而遇。

下課時間上廁所的路上、前往合作社的樓梯間、體育課操場旁的樹蔭下、放學時教室外的走廊……那一張張曾經熟悉的面孔，帶著有些陌生的笑意闖入我的視野。

幾位學長背著畫袋爽朗地擺擺手，幾名學姊親暱地湊近，報告一連串社團活動近況，幾個同年級的社員抓著手機，不斷懇求我重新加入美術社群組，祈求我原諒，發誓不再重蹈覆轍。

「讓我們重新開始。」

我只是皺著眉頭，苦笑謝謝他們的邀請，一再重述自己想要先休息一陣子。

然而，他們就像是接受了某種命令似地仍舊輪番上陣。見我不願出席社課，便改約去美術館看展，在我嚴正拒絕出遊邀約後，又不停要求加我的社群帳號，每天幾乎照三餐關心我，不時話鋒一轉稱讚起我的畫作，細數我從小到大拿過的所有獎項……

「心譽同學，難道你再也不畫畫了嗎？」

「明天放學要不要跟我們一起去逛美術用品社？那個老闆跟我很熟唷。」

「學弟，你這麼有天分，千萬不能放棄畫畫啊！」

氣溫驟降的某天中午，正準備與育熙吃便當時，門口傳來了「外找」的呼喊聲。我不疑有他地走出教室。

木質調香水混合著油畫顏料的氣味直搗腦門，眼睛尚未補捉到那人的影子，我已經開始暈眩。

「最近好嗎？」

——古依。

美術社社長，即將舉辦個人畫展，藝術界的明日之星，獨自一人佇立在愛班教室旁的樓梯間陰影下，高挑典雅的她猶如支撐校舍的一根石柱，黑髮整齊地束成低馬尾，沿著纖長的後頸垂落。

她淡漠的面容微微抽動，很不自然地試圖擠出一點笑意。

「要不要……回美術社，繼續畫畫？」

之後的事我記不清楚了。

記憶似乎遭到分割，時間錯置，就連我的感受都遠得不像發生在自己身上，彷彿突然中了一種神經毒，從臉頰僵硬開始，漸次擴散。僵直的雙腿支撐不住身體，十根手指無法控制地蜷曲，像極正在死去的蕨類幼苗。

我睜著眼睛，向著曾經崇拜景仰的學姊瞪大了眼睛，卻無法看清她所有的言行舉止。

曾經允諾指導我的話語是真實的嗎？曾經與我高談闊論的藝術價值觀是在愚弄我嗎？一再指出我的缺失、作品的缺點，究竟是為了鍛鍊我，還是純屬惡意？對於……那樣對待我的指控，她究竟是默認了？還是態度含糊的冷處理？

——為什麼要再次出現在我身邊呢？

他們的邀請，她的邀請，究竟是發自內心的？還是懷有盤算？

——像我這種連自己有沒有才能都搞不清楚，精力過剩一頭熱栽進社團裡的蟲子，惹得社內天翻地覆的愚蠢學弟，還有資格回去畫畫嗎？

在背部撞上牆壁，跌坐在地的同時，我聽見育熙的聲音，她手中仍夾著筷子，氣沖沖地擋到我面前，對著古依大呼小叫。我想說些什麼，但雙頰不僅毫無力氣，連舌頭都無法動彈，嘴裡只吐得出虛弱的嗚咽聲。

育熙扶起我，聯絡了紅嬸，替我收拾好書包，讓我搭著她的肩膀，一步一步走向校門口，陪我上了藍叔的車，帶著我回到家中。

紅嬸見到我的模樣，惶恐得像是要哭了，我顯然嚇壞她了，讓她過度擔心了。她要育熙陪我在客廳沙發上窩著，自己則撥了電話，不停在走廊上來回踱步。

「沒事的……沒事的……」

育熙一會兒摸摸我的頭，一會兒按按我的手，只剩下皮囊的我說不出任何的話。

「——小謦需要看醫生！」

走廊外傳來紅嬸的聲音，她難得用這麼大的音量講電話。

「怎麼可能去外縣市？還要他一個人去？」

沒過多久，紅嬸便帶著疲憊的笑臉來到客廳，對著育熙搖了搖頭，然後以我習慣的溫暖口氣輕聲問：「會不會餓？要不要吃點什麼？還是要回房間睡覺？」

我選擇倒向冰冷的床鋪。

房門輕輕掩上時，昏暗帶來的安全感，使我終於稍微能夠理解紅嬸與育熙的對話，大致上在說，我的狀況很不對勁，她們認為我得就醫，由醫師專業診斷，但是去醫院這件事終究得和給予我姓氏的父親討論，而那個人顯然不同意。

「尹先生說……看心理醫師什麼的，太丟臉了。堅持要帶小謦去的話，必須去其他縣市的醫院，他說，這樣才不會傳得眾所皆知……」

「都什麼年代了！還有這種想法？」

「這筆費用，尹先生表示他不會負擔。他很堅持，小譽只是想太多，抗壓性不足……」

對了。

應該就是從那天開始，我就不太去學校了。

也不再畫畫了。

日子依然過著，時間依然走著，窗外的季節依然變化，地球上無數的人們依然努力地生活著……吧？

這些離我過於遙遠的「依然」，都只是我自己妄加猜測。

昨天跟今天，今天跟明天，明天跟前天，後天跟昨天，我所經歷的每一天，似乎都沒有什麼不同。湖水仍然低溫，被單仍微微潺濕，噪音仍在耳邊迴盪，空氣仍有隨時掐死我的可能。

「小譽，起床了嗎？」

即使沒有了鬧鐘，紅嬸例行公事的問候已經成了我判斷時間的唯一方法。

我也一如往常地，毀掉了昨晚睡著之前與自己的約定，翻了身，蜷在床上，無力回應。

「育熙來了，還有另一位同學來找你唷。」

——另一位同學？

身體無法控制地顫抖。

「很難看。」「好醜。」「這種顏色很俗氣。」

「俗不可耐。」「你這樣畫不對。」「你以前老師是誰？」

「怎麼會畫這個？」

高檔的木質調香水、冰冷又難以捉摸的鳳眼、象徵完美主義的濡羽色低馬尾……

「你太敏感了。」「擦掉，重畫。」「事情沒那麼嚴重。」

「我一開始不就和你說了嗎？」「你根本不該畫這個。」

「怪盜杜賓不是你吧？」「這是你自己選的，不是嗎？」

「我開門了喔。」

「我很遺憾，你對我、對我們美術社的誤會實在太深了。」

一陣陌生的步伐迅速越過臥室，窗簾被唰地一聲拉開。

金燦燦的清晨日光湧入臥室，眨眼間，灰而朦朧的室內染上了色彩。

我的被單是湖水綠色的，床頭櫃是白色樺木的，上面堆滿了展覽的導覽手冊與畫冊，是我以前愛不釋手的睡眠讀物，如今蒙上一層薄薄的塵埃。

我虛弱地轉身，撐起眼皮，望向站在窗邊，那襯著晨光環顧四周的身影，腦中嗡嗡響起關於她的校園傳聞——

每個月第三個星期三下午三點的下課時間，只要隻身一人來到校園邊陲地帶、某間空無一人的教室，就能見到一名凜凜端坐於窗邊的少女。

據說，少女絕頂聰明，更是某位名偵探之後。

凡是於短短十分鐘內讀畢她給予的一紙說明書，她便會接下委託，為煩惱之人解開所有難題。

這名少女，被稱為「星期三的魔女」。

我從沒想過，「星期三的魔女」竟然會風姿凜然地出現在這裡，打量我狗窩似的房間，還有像個廢物躺在床上的我。

——好丟臉。

——好不想被她看到這樣的自己。

我慌慌張張地用被單裹住全身，留下一道縫隙給雙眼，小心翼翼地觀察她。

端莊的她垂下眼眸，總是充滿自信、無所畏懼的少女，流露了一絲難以判斷的神情，似是與擁有「星期三的魔女」之名的她不太相符的憂愁和愧疚……

胸口像被重擊了一拳，我不敢再盯著她看了。

我不希望她露出那樣的表情。

那就好像……她覺得自己做錯了什麼一樣。

她並沒有做錯什麼，她是那樣勇敢、那樣強勢，才成功把我從泥沼裡拯救出來的人啊，她根本不需要擔憂，更不應該覺得愧疚。我會變成現在這副要死不活的模樣，是我自己造成的，是我自己不好，振作不起來，找一大堆藉口，日復一日地躺著、懶著，告訴自己明天再說、明天再做、明天再起來、明天再去學校……滿口的明天，滿口的理由。

——該愧疚的人，一直都只有我自己而已啊。

「尹心譽。」

清亮的嗓音悅耳地迴盪在房內，背向窗戶的「星期三的魔女」歪著頭，清晨的陽光愈漸明亮，使我更看不清楚她的面容了。

「要不要一起散步？曬曬太陽？」

我半張著嘴巴，愣然回望渾身染上冬日色彩的黑髮少女。

不知道為什麼，眼前忽然晃回那天傍晚，她帶我逃離美術社的那個星期三，我與她無視旁人的目光在上課時間倉皇奔走。

一路上，夕陽緊緊環繞著她，她緊緊握著我的手。

那一刻，一直在虛無深海中載浮載沉的我，雙腳始終碰觸不到地面的我，終於有了被接住的實感。

「你不想去也沒關係的，在家裡好好休息也很好……」

她轉過身，動作簡潔明快地收束窗簾，以綁帶固定到兩側的掛鉤上。

「我也很期待……再吃到紅嬸做的早餐。」

她喃喃地說著，像在對自己說話。

我想起那日在操場邊上，她第一次吃到紅嬸做的可頌三明治時的反應。

「去……」

瘖啞的聲音從乾涸的嘴裡傾吐而出。

我真的好久好久沒有開口說話了。

「一起去……」

「太好了。」

上揚的嘴角勾起好看的弧形，她甩著頭髮走到門邊。

「我們在外面等你，打理好自己就過來吧。」

房門終於掩上了，遮蔽著我的被單緩緩滑落。

身體仍在顫抖，卻不再發冷。

魔女的到來彷彿為我的世界施展了不可思議的魔法。

「加油，尹心譽，就是今天了，好好振作。」

只是散步而已，只是一起散步，一起走走，一起曬曬太陽。

這點小事，我辦得到的。

我一定辦得到的。

我不斷對自己說著，邊說邊伸出一隻腳，踏向不似想像中冰冷的地面。

●

戶外空氣湧入鼻間時，溫度雖然低，卻有一種懷念又令人不自在的清爽感。

「台灣的天氣愈來愈奇怪了啦！好像根本沒有秋天，一下子就變冬天了！」

藍紫色的長袖制服晃進視野，育熙在脖子上繫了一條支子色（註1）的毛線圍巾，小臉有大半埋在厚實鬆軟的毛團裡。

「結果今天又突然出了大太陽！聽說中午氣溫會到二十八度耶！」

育熙抓著手機手舞足蹈地驚嘆著，好像這是一件多駭人聽聞的大事。我反而覺得上半身包得緊緊的她，下半身穿著膝上百褶裙，這種搭配比台灣的四季還令人困惑。

或許是我沒有表現出應該有的正確反應吧，環繞我們的只剩下公園裡早起鳥兒的叫聲，耐不住尷尬的育熙連忙轉向一旁安靜的長髮少女。

「所以說——這是怎麼一回事啊？星期三的魔女？」

「我又不是氣象預報員。」

「妳不是能幫任何人解開煩惱嗎？」

「這件事看起來並沒有造成妳太多煩惱。」

「……妳很難聊天耶！」

我們三人來到離我家不遠的自然公園，雖說是公園，但除了幾處小廣場和兩三條步道外，這裡幾乎沒有其他諸如溜滑梯、運動器材、噴水池一類的人造設施，整體看起來更像一座保留原始生態樣貌的植物園。

升上九年級以前的週末假日，我時常帶著寫生板和簡易畫具，隨便找一棵樹坐下，隨意畫下公園裡的風景。

註1：支子色（くちなしいろ），日本傳統色，以無花果果實染成的深黃。

自那之後，有多久沒踏進這裡了呢？

過去的記憶，都變得模糊又遙遠，像是不屬於我的夢境。

晃著蜜糖棕捲髮的育熙走在最前頭，黑髮的魔女則跟在我的右後方，我們沿著公園最緩和的步道悠悠漫步。樹間篩落的光點輪流映在身上、臉上、髮間，偶爾走過沒有樹蔭的地方，過於刺眼的朝日頓時就像紗一樣網住了我們。

半瞇起雙眼，世界亮得恍惚。

「耶誕節大家打算怎麼過呢？」

育熙活潑的嗓音與樹梢的鳥鳴融合，她努力嘗試各種話題卻徒勞無功，不管是流行歌、美妝、韓劇、小動物影片、假期計劃……沒有半項勾起魔女興致。

星期三的魔女靜靜聆聽，以自己的步調走著，杏眼總看向兩旁蓊蓊鬱鬱的樹林，臉上不帶任何表情，但也不似她俯瞰著操場時那般百無聊賴。

——究竟在想什麼呢？

她一定覺得我是個麻煩的委託人吧？明明希望她解決困擾我的謎團，結果我這個委託人在知道所有真相後，自己卻承受不住，一蹶不振，連帶她……

我想起陰影中模糊的面孔，眉眼間的自責比陽光下的枝葉還要銳利。

——為什麼要來找我呢？

我們只是委託與被委託的關係呀，妳完全不需要管我啊……

「幾年前，科學家發現城市裡的雄鳥，在疫情過後鳴叫技巧進步很多。」

「啊？」

育熙停下步伐，困惑地看向突然開口的她，兩名外型與性格截然不同的女孩睜著大眼對望。

「什麼意思啊？」

「疫情期間，城市裡太安靜了。過去即有專家特別研究都市與鳥類叫聲間的關聯性，發現都市建物與交通等等噪音，會使鳥類為了適應，將叫聲偏向高頻。」

「我不是好奇這個……」

「——因為鳥類要求偶吧。」

育熙的臉龐被陽光和圍巾烘得通紅，她怪裡怪氣地睨了我一眼，又繼續快步向前走。

身旁隱約傳來魔女的竊笑。

還搞不懂眼前的情況，一個顯然不是鳥鳴的怪異叫聲猝然響起。

我原以為是小孩子學步穿的那種會發出啾啾聲的鞋子，但是放眼望去，這條步道上就只有我們三人。

「你們聽見了嗎？好奇怪的聲音。」

育熙回頭看看我，也看了看不久前還沒頭沒腦講著鳥類求偶的魔女。

尖銳怪聲持續響著，頻率規律又快速，如果是穿學步鞋的孩子，那得在我們附近不停、不停地跑才製造的出來吧？

「感覺離這裡很近，聲音也沒有移動。」

杏眼骨碌碌地環視周遭，魔女自言自語似地說著。

「聽起來是某種動物，發聲和共鳴不太像鳥，可能是哺乳類……」

哺乳類？

「……小貓、小狗之類的？」

我的聲音依然沙啞難聽，還是忍不住開口了。

「啊！如果是小貓小狗這樣叫個不停，會不會是受傷了？」

育熙的眼睛瞪得好大，她四處張望，像在尋找叫聲來源。

「最近天氣變化那麼大！卡在水溝還是什麼危險地方就糟了！」

怪聲仍在頻繁啼叫，看育熙那麼著急，害我也跟著緊張了起來，強迫自己集中注意力，試圖判斷叫聲到底是從哪裡傳來的。

「好像……是那裡嗎？」

我抬起手臂，不太有把握地指向步道左側，一片沒有陽光，野草叢生的茂密樹叢。

金棕色的影子從眼前晃過，我還來不及反應，育熙早已一馬當先翻過仿竹的水泥欄杆——

「等一下。」

纖細的手一把拉住剛跳過欄杆的育熙。

「妳隨便跑下去，不但找不到牠，自己還可能受傷。」

「可是，萬一是隻可憐的小貓小狗——天氣變化又那麼大——」

黑髮少女嘆了口氣，她和緩地指指林子，位置比我剛才以為的要高了一些。

我跟著仰起了頭。

「啊……」

急切的動物啼叫與眼睛看見的畫面完全重合。

「是赤腹松鼠。」

高聳的林木間，一隻攀在樹幹上的赤腹松鼠甩著又長又蓬的尾巴，黑豆似的小眼不知道注意到了什麼，頻頻對著下方的林野咕咕叫。

「什麼嘛，原來是松鼠，害我白擔心了。」

育熙輕鬆地翻回步道上，嘴邊嘀咕抱怨著，但我曉得她一定鬆了一口氣。

「仔細想想，台灣不管哪座公園，好像都看得到赤腹松鼠呢。」

我們又繼續在步道上走著，我悶悶地問：

「牠為什麼要那樣叫呢？」

育熙和我不約而同望向黑髮少女，後者冷淡地看了我們一眼。

「我又不是寵物溝通師。」

魔女正經八百地回應。

「噗……」

我下意識摀住嘴，身體卻不由自主地顫抖起來。

「哈哈哈哈哈——」

不知道為什麼，明明就沒有人說笑話，也不是什麼特別好笑的事，但是我無法控制地笑了起來，而且莫名其妙地停止不了。

育熙欣喜地望著大笑的我，魔女也勾起一抹欣慰似的淡笑。

「散步，很有意思吧？」

星期三的魔女，曾萁藹，溫溫地說著，茶色眼眸閃閃發光，像在等待我的贊同。

什麼話都說不出來的我，只能蠢蠢地不停點頭，無法停下的笑聲蓋過了鳥兒婉轉的鳴叫，也蓋過了赤腹松鼠憤怒似的啼叫，迴響在冬日晨光眷顧的公園裡。

育熙和萁蘙幾乎每天早上都會準時來我家門口，我們就這樣組成了晨間散步三人組，只要不是下著滂沱大雨的清晨，必定出發。

是老天賞臉嗎？今年就連台北的冬季，也罕見地一路乾燥到跨了年。

有時，育熙為了學期末的熱舞社表演，需要晨間加練，無法一起散步。本來活力充沛、吵吵鬧鬧的隊伍，在那些只有兩名成員的日子裡獲得些許安寧與平淡。

日復一日走在固定的散步路線上，萁蘙總能有不一樣的發現，雖然她的口氣就跟往常一樣清冷。

今天的空氣好清新，今天的濕度好高，今天的天空顏色好美，今天的雲好漂亮，那邊有一隻台灣藍鵲，飛來飛去的閃光是琉璃小灰蝶……

她像是擁有可以讀到所有資訊的魔法，因為這個魔法，她成了我的眼睛、我的鼻子、我的耳朵，鉅細靡遺地描繪那些我應該要能感受得到的事物。

「很有意思吧？」

她常常在講完一連串我聽不太懂的話後，用這句話作結，就算表情淡然到看起來跟

「有意思」扯不上半點關係，但如寶石般的雙眼卻洩露了暗藏的熱情。

在萁蘼眼裡，這個慘澹寒冬中的每日功課充滿了樂趣。

育熙在時，總動不動為我打氣加油，就像我記憶中的她一樣，像隻猴子活蹦亂跳的，我有時懷疑她加入的不是熱舞社而是啦啦隊。

紅嬸費盡心力研究各式各樣的菜單，不管我獨自完成了什麼，好比說自己起床、將鬧鐘拿回房裡、扣對襯衫釦子……再怎麼雞毛蒜皮的小事都會瘋狂稱讚我，彷彿我是個學齡前的孩子。

沉默寡言的藍叔則是一看到我，便用手機播放遊樂園般愉快的音樂，害我老以為他下一秒會變起魔術折氣球。

他們再怎麼匪夷所思的行為，我都明白，大家都在用自己的方式想讓我知道——一切都在好轉。

日子會愈來愈好吧？

我也想，試著努力這樣相信看看了。

雖然，我還是不敢靠近畫室，不敢畫畫。

——我知道我並沒有完全好起來。

寒假前的兩個禮拜，我終於回去學校了。

一方面是為了期末考試，畢竟再怎麼無力，學業成績還是得有個交代才行。

考試前一週的星期三午後，不再去美術社的我，捧著書本文具來到校園邊陲的一年信班。

萁�就跟我們相遇的那一天一樣高高坐在課桌上，身旁環繞好幾疊課外書堆成的書塔，大腿上擱著讀到一半的書，意興闌珊地望著窗外。

即使今日照進教室的陽光不夠璀璨，那過於美麗的姿態仍迫使我屏住了呼吸。

心跳的速度回歸到幾個月前有求於她的那一天，同樣隔著單薄的門板，這次我卻在抬起手準備敲門時卻步了。

——為什麼要猶豫呢？

難道非得有求於她，才能在星期三的午後來見她嗎？

「到了就進來吧，不要呆呆站在門口。」

清麗的嗓音傳來，我嚥了口口水，戰戰兢兢地開了門。

「隨意坐吧。」

萁蘳沒有看我，也不再看著操場，而是垂下眼讀起腿上的書，礙於角度與光線，我看不清楚書名。

我選了與她相隔一張課桌的位置坐下，煞有其事地將數學課本、地理課本、筆記本和文具整整齊齊排列好。

我不是個追求儀式感的人，讀書時也從沒有這種彆扭的前置作業習慣，不知道為什麼身體就擅自這麼做了，好像擺好這些東西是此刻能證明自己清醒著的唯一辦法。

深吸口氣，抓起筆，像跳進泳池一樣，強迫自己埋進單純的數學世界。

籃球隊與排球隊熱血歡愉的呼喊笑鬧成了背景音樂，萁蘼的閱讀速度比我以為的要緩慢，雖然她本來就是很難預測的人，期待翻頁聲來消除尷尬的我，只能督促自己專心振筆製造計算的沙沙聲。

不然，我只會不斷想用眼角餘光偷瞄左手邊的她。

少了鮮豔霞光的渲染，今天的她看起來像幅飽和度低且內斂的古典畫作，與沉靜的氣質相符。

——她在看什麼書？

——我在這裡會打擾到她嗎？

——對她來說，我果然是個麻煩透頂的委託人吧……

萁蘼突然闔上了書本，我嚇了一跳，急忙趴向桌面，不停默念課本上的例題，也不知道自己在唸什麼。

身旁罩下了影子，幾縷黑髮落進我的視線。

「有什麼不懂的嗎？」

清亮的嗓音好近。

我慌張地回過頭，纖長微捲的睫毛，雀茶色的明澈眼眸，我的雙眼此刻只容納得下這樣的風景。我知道她正在研究課本上的例題，但她不知道那並不是耗盡我心思的難題。

「嗯，在座標平面上，A點的座標為……圓C的方程式為……」

「那……那個……曾、曾同學……」

「尹心譽，現在的你寫數學題目時有辦法畫幾何圖形嗎？」

「呃……我……」

端正清秀的小臉已經近到不能再近了。

「啊！」

一個不屬於我們兩人的驚呼聲從前門傳來，我趁著萁蘼被那聲音吸引時倉皇撇頭。

「對、對不起……打、打擾了……」

教室前門被推開了一道小縫，一名小女孩有氣無力地細聲叫道。

——等等，小女孩？

我用力眨了眨眼睛，再三確認。

一年信班的前門門縫確實有位被陰影籠罩的小女孩，她的個頭嬌小，灰暗的臉毫不費力地倚靠著門把，厚重瀏海下的影子幾乎吞噬了她的雙眼。

平常日的高中校園怎麼可能會有年紀這麼小的小女孩？校內應該也沒有身材這麼矮小的女同學吧？露草高中是有國中部，但是並沒有附設小學部和幼兒園。

——是我看錯了嗎？是我又自己產生莫名其妙的幻覺嗎？

身體不自主地發抖。

「曾、曾同學，妳……妳看到了嗎？」

雖然怕會獲得不想聽到的答案，我還是問出口了。

「那個、那個……前門……」

「嗯。」

萁蘼點了點頭，將一縷髮絲撩至耳後，輕描淡寫地說：

「今天的風確實有點大呢。」

第二章　薄暮下的荷米斯

什、什麼意思？風大到吹開教室前門？

「妳、妳看不到嗎？那邊……門縫中……」

「怎麼了嗎？」

萁蘙歪著頭反問我，柳眉微微上挑，好像真的沒看到那名陰暗的小女孩一樣。

不——會——吧？

這次是真的卡到陰了嗎？

可是，剛才那聲驚呼，應該是那名「小女孩」發出來的吧？

萁蘙正要協助我解開數學題目，她應該是聽見那名「小女孩」的聲音才突然抬起頭，拉開了我們之間的距離的吧？

精緻的嘴角輕輕勾起，萁蘙露出狡黠的笑。

她甩動烏黑長髮，輕盈地坐回原位，饒有興味地盯著前門。

「進來吧，妳沒找錯地方。」

本以為前門又被風吹到自動關上了，沒想到萁蘼話音一落，門板又呀地一聲打開。

——小女孩是真實存在的。

灰濛濛的她躡手躡腳地走了進來，陰天微弱的光線使她的膚色看起來相當蒼白，她怯生生地抬起頭，一雙像是隨時都受到驚嚇的大眼睛緊盯著我們，小小年紀眼眶之下卻有著深深的黑影。

小女孩齊肩的黑髮綁成精緻公主頭，穿著熨燙得平整、有著白色水手領的校服。印象中那好像是附近梅鶯國小的校服，一所家長們為師資搶破頭，小孩們則為了水手領制服瘋狂的超熱門明星小學。

她應該是小三、小四生吧？這樣的小朋友怎麼會出現在高中校園裡呢？

「請……請問……」

小女孩雙手侷促不安地交疊在胸口，小心翼翼穿過課桌間的走道，來到教室後方。

她膽怯地看了我一眼，接著迅速轉向坐在桌上的萁蘼。

「妳……妳……是星期三的……」

一聽到關鍵字，腦中的開關被瞬間打開了。

——這個小女孩跟我一樣。

她和我一樣也是聽說了「星期三的魔女」傳聞，才會在這個時間點，特地來露草高中尋求協助，她想必也和我一樣遇到了某種令她煩悶不堪的困擾。

萁蘦伸長了右手作為回應，指間夾著一張折了兩折的A4白紙。

魔女的說明書。

萁蘦認真維持校園傳聞的儀式感，似笑非笑地盯著手足無措的小小委託人。

「請在十分鐘內，詳讀這份說明書。」

小女孩恭恭敬敬地接下那張紙，同一時間，萁蘦也拿出了手機，計時開始。

其實覺得自己待在這裡有點尷尬。

我既不是傳聞的一分子，更不是信班的學生，和萁蘦也只是前任委託人與被委託人的關係，實在沒有旁聽別人煩惱的正當身分。但現在才起身離開也非常奇怪，推開椅子還會影響到委託人閱讀說明書。

我只好隨便抓起英文單字本，挑一串特別長的字母默默覆誦，說不定十分鐘後就能背好幾個單字了。

嘴裡雖然無聲默念字母，目光還是不受控地飄向一旁。小女孩抓著說明書用力閱讀的模樣，比下週就要期末考的我認真百倍。

八十磅的紙高高舉著，顯然這張說明書和我第一次拿到的完全不同，不僅不是空白的，還印滿了密密麻麻的新細明體八號字。

我有點懷疑這是萁蘼為取悅自己而做的設計，不免同情起這名小學生，天知道魔女在那之中安插了多少她還沒學過的字詞。

指尖輕敲手機螢幕，短暫的十分鐘結束了，小女孩立刻立正站好，雙臂貼著身體兩側，右手緊緊捏著說明書。她胸有成竹地直盯著萁蘼，彷彿做好萬全準備，願意接受任何艱難拷問。

萁蘼微微側著頭，對著她輕盈一笑。

「巧克力蛋糕和草莓奶油蛋糕，二擇一，選哪個？」

——啊？

我錯愕地看著萁蘼，幸好沒發出驚嘆。

「草、草莓……吧。」

女孩稚氣的臉蛋上沒半點猶豫，她小聲地回答。

「請說說妳遇到的麻煩，盡量在十分鐘內說完。」

等等，現在是什麼情況？

我來尋求協助時，得到一張耍人似的「說明書」，十分鐘到了後，也不是魔女對我提問，反而是她等我開口，怎麼這次情況完全相反？而且我還是在場唯一沒掌握到整體節奏的人？

莫非「星期三的魔女」在我沒來學校的期間有了什麼變化嗎？她確實曾放話要好好修改這個傳聞……

萁蘤不再開啟碼表，她撐著秀麗的下巴，有所期待地望著小女孩。

「我……我……」

女孩緊張地又瞄了我一眼，薄唇微微顫抖。

「他是尹心譽，不用太在意他，他算是我的……」

一派輕鬆的萁蘤停頓了數秒說道：

「助手吧。」

「啊？」

助手？算是？不用太在意？

這次我是真的發出困惑的驚嘆了。

她話說得一副理所當然，不像謊言，但我怎麼聽都覺得矛盾，再說我從來沒被通知要扮演助手或是其他角色……

萁蘤顯然不想撥冗解決我的疑惑。

「時間有限。曉實，妳就簡單說一下發生了什麼事吧。」

「魔、魔女姊姊……怎麼會知道我的名字……」

小女孩的眼睛亮了起來。

「難道……妳真的會魔法？」

「很可惜，我不會魔法。只是曾在辦公室，看過妳坐在蘇老師的位置上寫作業。」

蘇老師？帶合唱團的音樂老師？

「蘇老師辦公區域貼了很多手工卡片和圖畫，上面都寫著『曉實』妳的名字。」

「媽媽居然……」

曉實蒼白的雙頰浮現紅暈，她羞怯地垂下頭。

這個小女孩是那位蘇老師的女兒？

「請、請魔女姊姊和助手哥哥不要讓我媽媽知道……我應該要乖乖待在辦公室，不能亂跑出來……」

「我們會保密的，跟說明書裡寫的一樣。」

曉實放心地鬆了口氣，但旋即圓睜雙眼。

「我……我想請魔女姊姊……幫忙調查謀殺案！」

「謀、謀殺案？」

我慌張地站了起來，桌椅撞擊出巨大聲響。

「是、是的！」

曉實一臉驚恐地伸出左手，瘦小的腕部上戴著一只粉紅色的智慧穿戴手表。

「我怕……我很快就會被殺掉了……」

「這麼危險應該要報警啊！」

我急忙翻找手機，萁藆卻平靜地看著渾身發抖的曉實，「謀殺案」這個激烈的字眼在她臉上並未掀起任何波瀾。

「是手表，還是手表裡的ＡＰＰ？」

我這才發現萁藆不是看著曉實，而是一直盯著她的粉紅手表。

「妳說的『謀殺』和『被殺』……死去的是指某種網路帳號吧？」

曉實輕輕點頭，我愣愣地鬆開好不容易翻到的手機。

「什、什麼網路帳號？」

「心譽，別緊張，曉實已經五年級了，生命遭受威脅時會知道要報警的。」

「可是，她剛剛那樣說……」

誰聽了都會誤會吧？還有她的外表怎麼看都不像五年級呀！

「現在的兒童手表功能很多樣，鬧鐘、打電話、傳訊息、ＧＰＳ定位等等都算基本款了，當然……也能報警。有的還能聽音樂、拍照、翻譯，就像小型的智慧型手機。畢竟並非所有家長都願意讓小朋友擁有自己的手機，兒童手表可以讓孩童在生活與學習上更便利，也能限制他們的網路使用。曉實，可以讓我看看『案發』的ＡＰＰ嗎？」

萁藶優雅地向前傾，邊觀察粉色手表邊指示道，曉實匆匆壓了幾下表框。

「是這個。」

「『信使號學習網』……既然名為學習網，應該也有供電腦使用的網頁版本？」

「有的……放假時，爸爸媽媽偶爾會讓我用他們的電腦上『信使號』。」

萁藶恢復直挺的坐姿，她拿起手機飛快地打字。我愣了一下，趕快跟上她的動作，也在自己的手機輸入關鍵字。

瀏覽器跳出的搜尋結果，除了教育類應用程式外，也確實出現同名網站，「信使號學習網」六個字後方還綴有「卓群學堂文教機構」字樣。

「補教業開發的ＡＰＰ……啊！」

我突然想起以前似乎聽過「卓群學堂」這名字。

「曉實妹妹該不會是在『露高中學保證班』補習吧？」

萁藶捏著下巴，疑惑地看向我，我趕緊將自己知道的線索全盤托出。

「露草高中雖然是私立學校，但在本區很熱門，坊間一直都有標榜能夠通過中學部入學申請的補習班，還流行過一對一家教。」

「居然有這種事。」

秀麗的眉毛愈皺愈緊，不曉得是不是小學就開始升學補習這事超乎她的想像。

「助手哥哥知道的好多喔。」

「這個……還好啦……」

實在不願回想起來。

畢竟，我過去的人生，就只一股腦地想進入露草高中就讀，拚死拚活地，想成為「那個地方」的一分子……

縱使小學畢業後成功靠著幾件畫畫獎項入學了，在這之前，紅嬸與藍叔早幫我準備好各種替代方案，連學科方面的計畫都備齊了，防止我的藝能表現不如預期。

「既然是補教業ＡＰＰ，上面的帳號被『殺』了，學員們應該會很開心吧？」

「當作沒辦法補習的理由嗎？」

「不、不是這樣的！」

曉實突然激動地細聲喊道，兩隻小手在胸前緊緊握拳。

「我們……大家都很喜歡『信使號』！帳號死掉的話，會很困擾的！」

「真是用功的孩子們啊。」

「啊、不……不是的……」

「這個世界的未來就靠你們了，加油。」

「『信使號』上……可以玩遊戲！」

「原來表現得很熱衷學習，其實是為了玩遊戲啊。現在的孩子真狡猾呢。」

萁蘿不留情面地挖苦道。

我好奇地滑動信使號學習網主頁，放眼望去全是和考試、課業有關的連結，還有大量的英數課程錄影，附帶一些類似期中考風雲榜的華麗公告，家長與補習班老師充滿正面思考的經驗分享。主頁最下方則有類似討論區的版面，不同主題依照科目分類排列，滑了許久，並沒有看到「遊戲」一類的版面。

「喔……是這個啊。」

萁蘿在我之前找到了答案，嘴角勾起淺笑。

「你們都在『綜合交流版』的庇護下迷戀這種『殺人遊戲』啊？」

綜合交流版的當日瀏覽人氣數確實高出其他版面許多，但是小學生要怎麼在以文字為主體的網路討論版面玩遊戲？這太不符合手遊世代的習慣了吧？

我帶著困惑點進綜合交流版，出現一整排密語般的標題。

【人滿開村】新手6人即時歡樂場！

【晚9開村】10人白狼王局

【晚8開村】雙身分8人局

【結束】10人（自創新職業）

【結束】6人明牌局（新手練習）

【結束】12人預女獵白局

「呃，請問，這些文章是什麼意思？」

我居然完全看不懂小學生的流行語……終於深刻體會到年齡代溝的殘酷。

「**狼人殺**，源於俄羅斯策略遊戲衍生變形的紙牌桌遊。依據討論版標題的用詞，信使號學生玩的應該是亞洲地區流行的版本。記得這遊戲也有不少變體的網路連線版，一些愛好者甚至不需要透過軟體程式，單憑社群平台的文字互動就能玩得不亦樂乎，熱門的程度還曾讓多家電視頻道與網路媒體推出狼人殺娛樂節目。」

萁蘼不以為然地說道，似乎對這遊戲興趣缺缺。

「這個……要怎麼玩呢？」

「基本分為『好人』與『狼人』兩個陣營，雙方在不斷交替的晝夜階段中，分別達成各自陣營的勝利條件，比如：『好人』必須揪出所有的『狼人』，『狼人』則要殺光『好人』。『好人』陣營中有些具備技能的特殊職業，玩家必須在不知道彼此真實身分的情況下，透過觀察、討論、輪流發言、推測，釐清整場遊戲的真相。」

「哇，聽起來好燒腦啊。」

這樣還能叫做「遊戲」嗎？感覺非常不適合我。

「雖源於策略遊戲，依據玩家屬性不同，也不一定每場都需要動腦。當面遊玩的場合，也許會有演技派的玩家，甚至是純粹亂猜的。有的人覺得狼人殺很適合作為一群陌生人破冰的團康活動，也有人覺得是個破壞友情的勾心鬥角遊戲。」

「魔女姊姊好瞭解！妳也常常玩嗎？」

曉實有所期待地望著萁藶，她卻斬釘截鐵地搖頭：

「我只是讀過相關的資訊而已，從未玩過。」

「這樣啊……」

「所以，曉實妹妹說的『謀殺』是指遊戲裡的情節囉？」

「啊……這……我也不知道算不算是……」

曉實垂下腦袋，不自在地把玩手指。

「大概從上上個週末開始……我們一些常在這裡玩的朋友，帳號陸陸續續消失了……前一天大家還在一起玩，一覺醒來……帳號就像在夜裡被狼人殺掉了一樣……」

「會不會是違反版規，被管理員禁言了呢？」

「不是的……帳號是真的完全消失了！有的朋友試著重新註冊卻不能……說是手機號碼已經被使用了……」

「聽起來像網站系統的問題？曉實妹妹的朋友聯絡過管理員嗎？」

「有的，但是……管理員回覆說網站沒有問題……建議我們有需要的話，就請家長再註冊新的帳號……」

「看起來，信使號帳號必須綁定手機，很多學生是使用家長的號碼註冊的吧？」

萁蘿的左手將落在眼前的髮絲塞到耳後，右手邊滑手機邊說道：

「況且這畢竟是個學習網，那些帳號被殺掉的同學，也不好向父母坦承『自己學習用的帳號疑似因為玩狼人殺玩到不見了』。」

「對，就跟魔女姊姊說的一樣……我們是真的想不到其他辦法了……」

曉實憂愁地說著，臉色看起來更加慘白。

「帳號不在的人沒有辦法一起玩，帳號還在的人都很擔心害怕……每天天一亮，一打開信使號，就會有人發現自己前一天還在一起玩的帳號被『殺掉』……大家……真的都很困擾。」

「怎麼聽起來，就好像有人不希望你們在上面玩狼人殺似的。」

「啊？是、是這樣子的嗎？可是，我一進補習班，就聽說過一個傳言。」

曉實低著頭，幽幽地吐露：

「那是從好久以前就開始流傳的了……據說只要在綜合交流版玩狼人殺表現非常優

秀，就能在入學資格考裡獲得隱藏加分……」

「這應該不可能吧？」

我忍不住脫口而出，這種傳言就像在說校外補習班跟學校之間有什麼不可告人的秘密似的。

「我、我也覺得不可能……曾經偷偷問過媽媽，她說那是其他同學亂講的，她覺得我們都不該在討論區和狼人殺上花太多時間。」

「是啊，製造傳言、四處流傳的人，說不定就是想要你們沉迷於狼人殺，荒廢學業，進不了夢寐以求的學校呢。」

始終專注在手機上的萁蘺平靜地說。

「可、可是……真的有很多信使號的狼人殺高手玩家都是露中和露高學生！有些學長姊來和大家玩的時候，都說自己透過狼人殺學到很多……」

「若是如此，那帳號被刪掉的同學也不需要堅持在信使號上玩吧？網路隨意搜尋都能找到不少揪團玩狼人殺的網路遊戲與社群，甚至你們可以準備卡牌，利用補習班下課的休息時間當面玩，說不定更有樂趣呢。」

「我不知道其他人是怎麼想的……可是，對我來說，在那裡玩狼人殺……」

不安分的小手十指交扣，曉實真切地說著：

「就像許願、就像魔法一樣……」

許願嗎？

總覺得會不小心想起某個我很想忘掉的記憶。

教室愈來愈昏暗了，光線微弱到室內彷彿瀰漫著一層薄霧，氣溫也明顯下降了不少。

黑髮少女終於抬起了頭，深色眼眸卻不是看著祈禱似的小女孩，而是直接看向我。

她舉起手，亮了亮手機螢幕。

「時間也差不多了。」

萁藹面無表情地對我說：

「心譽，你註冊一個吧。」

「啊？我？等等，那個網站是任何人都能註冊的嗎？」

「只要使用能收到驗證碼的手機號碼，綁定後就能註冊，雖然只會開通部分功能，但上上綜合交流版是可以的，其他完整權限大概得成為補習班的客戶才能獲得吧。」

「但是我為什麼要——」

「光是單純閒聊恐怕很難觸及真正核心，不如直接進入現場，實地了解一下。」

曉實的雙眼閃閃發光，原先的有氣無力一掃而空，她難掩興奮地往前一撲，直接抱住萁藹的膝蓋。

「魔女姊姊……你、你們願意接受我的委託嗎？」

「委託人既然讀了說明書，我也沒有拒絕的理由。」

「那、那你們——願意一起玩狼人殺囉？」

能真正讓曉實欣喜若狂的終究是因為狼人殺啊……

就算沒有太大興趣，既然被安插了「助手」這樣的角色，還是先依照萁藹的指示註冊個信使號帳號吧。

「心譽、尹心譽——」

就在我好不容易輸入完所有註冊需要的個人資料，正要點擊送出的同時，走廊外出乎意料地響起從小到大已太過習慣的呼喊聲。

我還來不及回應，精神抖擻的育熙早一步甩著馬尾跑了進來。

「哈，你果然在這裡！」

剛結束熱舞社社課的育熙，以一種奇特的校服穿搭出現在一年信班教室，冬季制服襯衫的袖子被高高挽起，腰上綁著露草色與白色組成的運動外套，外套下仍穿著長度略短的靛藍色百褶裙，使裙襬下方露出一截運動短褲。

就算今天高溫三十五度，育熙依然習慣在制服裙子下穿著短褲。

「嗨，萁蘬！今天怎麼這麼熱鬧哇？有客人？」

育熙靈活地眨動著雙眼，環顧四周，最後停在仍抱著萁蘬膝蓋的曉實身上，曉實就像深夜山林裡突然被車燈照到的鼬獾一樣手足無措，呆愣地看著渾身散發活潑氣息的新面孔。

「咦？小學生？」

「育熙，妳來得正好。」

萁蘬面不改色地再次亮出手機畫面，口氣凜冽地下了指示：

「搜尋這個網站，妳也創一個帳號。」

⬟

這是個有點似曾相識，但又截然不同的詭異場景。

同樣是夕陽西下的時刻，卻因為季節與天氣，少去了鮮明的色調和搶眼的光影。窗外是灰暗的天空，可能是期末考接近的緣故，操場上聽不見平日喧鬧的喊叫聲。

本該冷冷清清的信班教室裡，萁蘬、育熙、曉實與我，合力將四張課桌椅兩兩併在一起，組成一張大桌子。

育熙坐在我的對面，她抓著掛了白色毛茸茸吊飾的手機，一副躍躍欲試的模樣。

我的右手邊坐了依舊冷淡的萁蘙，左手撐著臉頰，右手握著玫瑰金色的手機，不知道是在思考接下來的計劃，還是純粹覺得無聊。

斜對面則是這次「謀殺案」的委託人何曉實。

在育熙註冊帳號時，我們隨意閒聊加自我介紹，我才知道曉實姓何不姓蘇。她是我們之中唯一一位使用手表上網的信使號使用者。

我的雙手掐著手機，畫面停在被狼人殺開村揪團文洗版的討論區主頁，心跳莫名地加快。我得時不時甩甩頭，才能避免令自己回想起幾個月前，放學後留在校內玩某個遊戲的不好回憶，才能不斷地說服自己——這次不一樣。

這不是什麼怪力亂神的遊戲，我們也不是因為好奇心或其他不能說出口的理由而聚在一起，這次全是為了幫助曉實，幫助特地跑來高中校園尋找「星期三的魔女」的小女孩。

——對，這次完全不一樣。

「好啦，接下來呢？這個遊戲怎麼開始？我們要點同一篇文章嗎？」

育熙情緒高漲地轉向曉實問道，後者瑟縮了一下，緊張地低著頭。

「嗯、嗯！大家……大家可以一起先玩新手局……熟悉一下遊戲……」

「喔！那就點第一篇吧！剛好有人開！」

「『**人滿開村**』這一篇嗎？」

我的手指移到標榜「新手6人即時歡樂場」的連結上，不太確定是不是該直接點下去，總覺得那會帶我墜入另個難以理解的世界。

「其他文章標題寫的『晚9』、『晚8』是什麼意思？」

「預定開村的時間……晚上九點就是『晚9』，九點半的話會寫『晚9.5』。」

「還幾個小時後的事，現在就要發文了？」

「大家都要補習……或是唸書、寫作業……八點到十點之間線上的人會比較多……提早發開村文就像預告，大家有空看到就能先報名搶名額……」

點入文章後，遊戲沒有馬上展開，載入的是篇詳細寫了職業介紹和遊戲規則的文章。我回到上一頁，重新點擊其他篇閱讀，發現每則內容都不太一樣，好幾篇充滿我看不懂的遊戲術語和技能複雜的特殊職業。看來不需要在主樓註明「謝絕新手」，光是這些專有名詞就足以讓菜鳥暈頭轉向、自行告退了。

「為了玩遊戲居然這麼用心，我們社約練舞都沒那麼認真。」

育熙有些驚訝地嘀咕，我尷尬地笑了笑。

「心譽，差你一人。」

萁藶提醒道，我趕緊回到「新手6人即時歡樂場」頁面，在過於詳細的規則說明尾端，開村版主特別提醒新手點擊「Talk」圖樣進入遊戲，我這才恍然大悟——

信使號討論區不單單只有文字，還另外加入了支援語音的即時聊天室功能，怪不得像曉實這樣只有兒童智慧手表的學員也能輕鬆參與，我本來還覺得盯著手機上的小字玩燒腦遊戲未免太辛苦了，怎麼可能玩到多著迷呢？

「版主會當主持人，連我們四人在內，還有另外兩位不認識的玩家，共六個人。」

萁藶可能看我有點心不在焉吧，她看似自顧自地說明著，卻成功拉回我的注意力，簡單轉述了主樓複雜的遊戲說明。

「六人局中有兩名狼人，好人陣營則有兩名村民、兩名神職角色，這邊版主開的是預言家和女巫。等等主持人會傳密語訊息告知大家抽到的身分，遊戲開始後，輪到自己發言記得開麥克風，其他時間都要關著。」

「好、好的，我知道了。」

大概……知道了。

主樓有著超詳細的規則，包含什麼狼人陣營黑夜階段溝通時記得使用「密語訊息」功能，不要不小心自爆身分之類的，甚至還有主持人使用的是哪個線上隨機轉盤來分配陣營，也詳述了各個神職人員的技能使用方式，更包含專有名詞解釋與外部連結遊戲攻略，組成完整的新手教戰手冊。

看是看了，但這種資訊量不是短時間內能消化吸收的。

「好緊張啊，我從來沒玩過呢。」

育熙對我吐吐舌頭，睫毛捲翹的眼睛眨了兩下。

「希望不會拖累大家！」

「這是新手局，應該比較輕鬆吧……」

我沒什麼自信地說道，將 Air Pods 塞進耳中，聊天室跳出主持人發送的紅色開村公告以及一行藍字，仔細一看，原來是主持人給我的密語訊息：

你是2號玩家，本局身分為好人陣營的「女巫」。

女巫：神職角色，擁有一瓶毒藥與一瓶解藥。解藥可以救人，毒藥可以殺人，毒藥與解藥不能在同一夜使用。

哇……第一次玩就拿到有技能的角色，就算知道大略的遊戲規則，也不確定自己到底該做些什麼啊……

我還在猶豫該不該趁著空檔，搜尋「女巫」的玩法攻略好好惡補一下時，聊天室出現公告，耳邊同時響起一個氣音般微弱的小孩子嗓音：

【第一夜，黑夜降臨，所有玩家請閉眼。】

遊戲正式開始，夜晚階段到來。

我現在應該要閉眼嗎？就算隔著螢幕，純粹透過網路聊天室和密語功能遊玩也需要閉眼嗎？

看了一下另外三人，她們居然都不慌不忙地閉上了雙眼，我趕緊跟著闔上眼皮。

【狼人請睜眼，請選擇你要襲擊的對象。】

【狼人請閉眼。】

在靜謐的黃昏時刻，所有人沉默地閉眼圍坐，耳機裡陌生的孩童有氣無力地主持著遊戲。

【預言家請睜眼，請選擇你要查驗的對象。】

【預言家請閉眼。】

不管是路過看見這番畫面，還是坐在教室親身體驗，詭異程度並不亞於進行神秘的降靈儀式。

【女巫請睜眼。】

我跟隨指示睜開雙眼，螢幕的藍光顯得更加刺眼。

聊天室的文字公告，依然與主持人的聲音幾乎同步地宣告遊戲進展。

【這位被殺死了，你要使用解藥嗎？】

死者資訊是透過密語傳送的，除了標明了玩家的編號以外，也貼心地附上了玩家帳號使用的頭像——

那是一幅以橘紅色為基底的畫作，雖然整體畫面只用簡單的圓圈、方塊、三角形等幾何圖案構成，卻簡明直白地描繪出一張生動有趣的人臉。我隱約記得那好像是位近代歐洲藝術家的知名作品，但我不太確定畫作名稱是《小孩》還是《老人》了。

第一晚被狼人殺死的5號玩家，就是坐在我斜對面，正抱著頭趴在課桌上的小女孩何曉實。

我沒有不救她的理由。

女巫既然擁有一瓶解藥，怎麼可能見死不救？

我透過密語回覆豎起大拇指的 Emoji。

【你要使用毒藥嗎？】

【女巫請閉眼。】

記得規則中解藥與毒藥不能在同一晚使用，主持人也不給予回應的時間，迅速請我再次閉上眼睛。

【天亮了，所有玩家請睜眼。】

【昨晚是平安夜。】

伴隨著衣服布料摩擦聲、身體和課桌椅碰撞的碎響，我們四人都抬起了臉龐，眨動雙眼，有點困惑地彼此對望。

「喂喂，大家聽得到嗎？」

【1號玩家請發言。】

身旁的育熙開啟麥克風，充滿活力又深具穿透力的嗓音在我的耳機內外同時揚起。

「大家好，我是第一次玩狼人殺的1號玩家，剛剛看過樓主詳細的規則說明，可是還是有點一頭霧水，如果有哪邊想錯了、發言發的不好……還請大家多多見諒！」

育熙興奮難耐地講完一串開場白後，深深吸了口氣，接著雙眼發亮，以一種破釜沉舟的態度對著手機說：

「我的身分是好人陣營的預言家！昨天晚上查驗了4號，她是好人。發言完畢。」

「咦咦咦？」

我嚇了一跳，斜對面的曉實也兩眼圓睜。

「就、這樣嗎？」

「對，就這樣。」

育熙放下手機，顯然已經關掉麥克風了，她不解地反問：

「我還需要說什麼嗎？」

確實，育熙是預言家的話，她每天晚上只能用技能查驗一名玩家，而且也只會知道玩家所屬的陣營是好人還是狼人。但是，這個遊戲之所以設計了那麼多規則、角色和技能，在白天階段輪流發言時，應該沒有誠實宣告自身身分一途這麼簡單吧？況且——

我看向坐在我正對面，那位面無表情盯著手機的4號玩家。

4號玩家是萁藹。

育熙為什麼第一晚決定查萁藹的身分好壞呢？我們擁有特殊職業的好人，應該這麼早就宣告自己的身分嗎？

【2號玩家請發言。】

「我是2號玩家，昨晚我使用了解藥，救了5號……」

縱使腦中閃過再多資訊，再怎麼覺得育熙的發言好像哪裡怪怪的，輪到我時，我一樣無法好好組織自己的說詞，嘴巴一不留神走在腦袋之前，直接袒露了自己的特殊身分。

「我……是女巫。」

我小聲地說，嚥了口口水。

對面雀茶色的眼眸總算拋下手機，她凝視著我，微微皺起了眉頭。

——看來我們兩位先發言的新手玩家不僅菜，恐怕還搞砸了什麼。

「呃，既然狼人第一晚殺了5號，我2號救活她，1號預言家確認4號是好人，那是不是1、2、4、5號四位都是好人了？所以……」

我試圖在剩餘的發言時間內力挽狂瀾，即便再怎麼積弱不振。

「3號和6號朋友……對不起，你們是狼人的機率就比較高了？啊、我不是說兩位一定是狼人，這個遊戲要透過線索慢慢思考對吧？」

我慌張地說著，緊握手機的掌心都開始冒汗了。

「我也會好好聽聽看3號和6號的說法，再多想想……」

總覺得愈描愈黑，但我已經盡力了，只想快點交出話語權。

【3號玩家請發言。】

3號是線上玩家，在主持人請他發言後過了兩三分鐘，耳機一直沒傳來任何人聲。就在我們以為3號斷線或是棄權時，聊天室突然冒出一行文字：

3號，是好村民，不是狼人。懷疑1號說謊。過！

育熙會說謊嗎？我瞄了她一眼。

育熙將手機平放在桌面上，貼了防窺保護貼的螢幕從旁人角度看永遠是黑的，她雙手撐著臉頰，手指不停纏繞著落在頰邊的蜜棕色髮絲，不知道在思考什麼。

現在真相有兩種可能。

第一種是育熙說的是真話，她是預言家，確認萁蘼是好人，再綜合我剛才的說法，則狼人就是3號和6號。

但如果3號是一位貨真價實的好人村民呢？那就是第二種情況，育熙如3號所言的說了謊，實情就會翻轉為3號和6號是好人了……

只有六位玩家的遊戲會這麼複雜嗎？

【4號玩家請發言。】

「這裡是4號。」

清麗的音色透過清晰的咬字，毫不畏懼地傳進眾人的耳中。

「1號玩家為我的好人身分做了保證，如果5號、6號位置沒有人再說自己是預言家的話，就能認定1號是真的預言家了。」

萁蘼語速輕快，彷彿眼前攤著一張我們看不見的透明講稿。

「不過……她同時也很難活過今晚。」

育熙跌了一下，面露詫異，萁蘼卻沒針對這點繼續說下去。

「但是1號和2號一開場就揭露自己身分的舉動真的可信嗎？雖然這是場新手局，可是我們玩的是狼人殺遊戲，不是真心話大冒險。」

我不解地看著滔滔不絕的萁蘼，她表情嚴肅，手機靠近櫻粉色的唇邊。

「我確實是名好人，也不是個普通的好人。依照遊戲規則，等後面兩位玩家發言後就會進入白天最後階段的投票環節了，這場人數少，狼人也只有兩名，還是得儘早找出狼人，將他們投票放逐。解藥也已經使用了，好人再被殺就是直接少一人，輪到發言時還是盡量把握吧。這一輪的投票我會觀察5號和6號的發言再決定。」

聽了萁蘦這番話，我才意識到自己跟育熙都太不假思索了，光是表露身分這點就應該好好考慮再決定要說到什麼程度……遊戲裡不管是狼人還是好人都一定會說自己是好人吧？而且狼人的視角又比好人寬廣，太直接表明自己的特殊身分，等同於招來殺身之禍，一旦死了，不管是查身分還是握有魔藥就都失去意義了。

【5號玩家請發言。】

「我、我是5號……是個好人！我不知道自己有沒有被殺，可是謝謝給我解藥的女巫2號……我暫時相信2號是好人！」

曉實全身都在發抖，她挨近智慧手表緊張兮兮地說著：

「大家都說自己是好人，我很相信大家……目前也只有1號是預言家，雖然剛剛4號是她認定的好人，可是好像沒有講太多可以判斷場面的資訊……像是2號和我5號在她眼裡看起來怎麼樣，也完全沒有講到話超少的3號……」

曉實的手垂到桌上，視線也跟著往下看。

「我只是個沒有什麼功用的普通村民……只能相信有身分的大家……所以……4號說要聽我們後面兩個人的意見……我也不知道自己能給什麼意見……我也超級同意4號說的，這一局要盡量票人出去！不然狼會愈來愈有優勢！」

像是想通了什麼似的，曉實猛地抬起頭，大眼閃閃發光。

「所以……也許我會想投給沒說什麼重要資訊的3號，3號只丟下一句『懷疑1號說謊』就過了，完全沒有解釋……這樣有點難讓人相信他……嗯……過。」

曉實緊張歸緊張，也還算解釋清楚自己的立場，比我這個菜鳥進入狀況多了。

萁藷沒有特別的反應，她專注看著手機，腦袋斜斜倚靠右手背，還以為她下一秒會大打哈欠。

【6號玩家請發言。】

「唷呼，我是6號！終於可以輪到我說話了呀！快悶死了！主持人下次發言順序可以用隨機的嗎？那樣更好玩呀！」

耳機傳來一個不輸育熙、朝氣十足的小女孩聲音，不過說話速度比育熙快上許多，就像隻不肯休息的鳥急促鳴叫。

「我6號當然是一個好人！而且是一個有身分的好人！人家怕會被殺掉，就先不透露了！我覺得前面大家都講的不錯呀！就跟5號說的一樣，只有3號一個人沒頭沒腦的，等他發言等了好久，終於講話又不肯開麥，發言內容也很差！先不管其他人有沒有說謊，我覺得這局可以投給3號，反正他也說自己是村民不是神職了，我們先出他比較不傷，玩起來也更慶幸！大家說對不對呀？好啦！就來投票吧！我歸票3號！過——」

6號小女孩連珠炮似地說完了，她和曉實都提到了3號的態度，或許先排除他遊戲能更順暢，也才能好好學會這個遊戲吧……

【發言結束，現在進行放逐投票，請選擇放逐對象。】

白天階段的最後環節是投票，這也是一般好人陣營能揪出狼人的唯一方法，我們把想投的號碼以密語傳給主持人，主持人整理好票數後就會宣布結果。

規則上採多數決，可以棄票。獲得票數相同的玩家必須再發言一次，如果還是平票那這一輪將在無人遭到放逐的情況下結束。

我想著萁蘦說的話，也想著曉實和6號說的話，作了決定。

第三章　咖啡桌上的藍色騎士

【1號、5號、6號投票：3號玩家。】

【3號投票：6號玩家。】

【4號投票：5號玩家。】

【2號玩家棄票。】

投票結果一公布，育熙和曉實都露出一種不敢置信的誇張表情，差別只在育熙看的對象是我，曉實則是看著將票投給她的萁蘟。

萁蘟紋風不動地盯著手機，彷彿投票結果理所當然到跟她一點關係也沒有。

【3號玩家遭到淘汰，請發表遺言。】

耳邊突然傳來超刺耳的噪音，我們四人不約而同摘掉耳機，網路另一端遭到放逐的3號玩家氣喘吁吁地發起脾氣：

「為什麼票我？會不會玩啊！我在上課不能用語音也有事？亂票一通！好人不配贏！」

「既然在上課就不要偷玩遊戲啊。」

育熙嘟起嘴不高興地自言自語道，可能念在3號玩家聽起來也像個小朋友，容易衝動行事的她並沒有打開麥克風回嗆，若3號玩家也在現場和大家面對面一起玩的話，照育熙的個性想必會狠狠臭罵對方一頓。

【第二夜，黑夜降臨，所有玩家請閉眼。】

第二個夜晚到來，我在主持人的指示下再次闔上雙眼。

整個遊戲流程跟第一晚一樣，狼人、預言家、女巫依序睜開眼，決定今晚的行動。

已經用掉解藥的我，還有一瓶能夠毒死狼人的藥，然而經過上一輪白天的討論，我暫時判斷不出誰是狼人，考慮了一陣後，我傳了「X」給主持人。

【天亮了，所有玩家請睜眼。】

【昨天晚上，死亡的是1號玩家。】

育熙不怎麼開心地放下手機，預言家的死亡是可預期的，但死亡等同出局，也無法再撼動這場遊戲的走向，她雙手又撐回臉頰兩側，骨碌碌轉著眼珠。

【2號玩家請發言。】

育熙抬起頭，慢悠悠地看了我一眼。

差點忘記，她出局後，我就是這輪第一位發言的玩家。

「呃，我覺得……現在還在的四位玩家都是好人……不知道能說什麼，我判斷不了，上一局也棄了票，畢竟3號玩家說他是好人，那這一局——」

對桌的萁蘙和曉實都直勾勾地看著我，一個人眼神銳利，另一人目光閃耀，一位是育熙保證的好人，另一位則是我親自決定要拯救的死者，我實在……

「啊！」

靈光乍現，被那麼多隻眼睛盯著的壓力居然奏效了，愚蠢的我終於想通了。

「抱歉，我剛剛好像把場面搞得太複雜了，我先為上一輪棄票向大家道歉，我不應該棄票的。在我眼中，1號、4號、5號，和我自己2號都是好人的話，那只有3號和6號會是狼人了……這一局我會投給6號。」

關掉麥克風的同時，育熙開心地拍拍我的手臂，接著比了個大拇指，曉實也面露欣喜地點點頭。

唯獨萁蘙依然沒有表情，修長的手指點壓手機。

「4號發言。我同意2號說的，這一輪投給6號。然後，今晚我會毒死5號。」

萁蘙猝然說道，我們另外三人都不敢相信地看向她，曉實一臉錯愕。

我聽錯了嗎？

5號是曉實，是我第一個晚上救下來的死者。

再說，我是真正的女巫，而萁蘬是預言家育熙確認的好人……那她應該只會是位沒有特殊身分的村民，為什麼要說自己能毒人呢？

「我是女巫，第一晚我給了5號解藥。」

接收到我們詫異視線的萁蘬面不改色地繼續說著。

「這是場新手局，我確認過樓主的遊戲說明，當中並沒有規定『狼人不能自殺』。狼人陣營在第一晚安排5號自殺，騙走了我的解藥，以此隱瞞身分，使我們相信5號是個好人，再加上3號玩家耗時過長，又過於簡短的文字發言，演變成只有一人聲稱自己是預言家的局面，狼人陣營輕鬆在第一輪投票淘汰掉3號，並且在第二晚殺掉預言家，取得絕對領先。」

雀茶色眼眸像個深邃的漩渦，在她的凝視下，我幾乎被吸引進去，喪失了說話和思考的能力。

「狼人就是5和6，3號玩家是村民。這輪投6號，我晚上毒5號，遊戲結束。」

萁蘬關掉麥克風，身體靠向椅背，夜晚尚未降臨，她已經自行閉了眼。

狼人自殺？曉實是狼人？曉實第一晚就自殺？

我難以接受地看著曉實，嬌小的她看起來更加畏縮無助，主持人喊到「5號玩家」時，她發抖地抬起左手，嘴巴靠向表面，她連聲音都在顫抖。

「我……5號……是好人，一個沒有功能的村民……我不懂……4號為什麼要這樣說我……」

有著深深黑眼圈的眼睛泛紅，曉實看起來快哭了。

「難道……4號不是一個好人嗎？如果4號不是好人，而是狼人，那……1號就不是預言家了？」

曉實面露驚恐地說，明明是場六人遊戲，我已經快被搞暈了，育熙也半張著嘴，用一種奇怪的表情看了看我。

「我覺得這局應該投給4號，她真的太奇怪了……」

主持人才剛宣布6號發言，那名聲線尖銳的線上玩家立刻拋出震撼彈。

「各位，請全票出2！我才是真正的女巫！5號是我救的！我不知道4號為什麼要假冒成女巫，可能是怕我被殺吧？謝謝妳囉！這場是新手場耶，哪個新手會玩狼自刀（註2）啊？相信我！這局就是出2號！3、2雙狼，出2遊戲就結束了！過！」

【發言結束，現在進行放逐投票，請選擇放逐對象。】

我還來不及作出反應，第二次投票便開始了。

註2：狼人殺遊戲術語，意指狼人自殺。

縱使還沒想透場上其他三人的發言，這次我逼迫自己一定要投票。

【2號、4號投票：6號玩家。】

【5號投票：4號玩家。】

【6號投票：2號玩家。】

【6號玩家遭到淘汰，請發表遺言。】

「為什麼呀？我才是真正的女巫好嗎？第一個拍女巫的2號是最假的！為什麼不票他啦？要輸了啦！」

高亢的抗議聲在我們耳邊爆炸著，第三個夜晚已經到了，我再次投身黑暗。

【天亮了，所有玩家請睜眼。】

睜眼時，育熙剛好為我們打開了日光燈，我愣然地望著大家，取下耳機，螢幕上顯示著最後的遊戲訊息：

【昨天晚上，死亡的是4號、5號玩家。】

【遊戲結束，恭喜好人陣營獲勝。】

萁蘦終於放下手機，雙手環胸，一雙眼瞥向曉實。

育熙悄悄地挨近我，小聲地問：

「心譽，發生什麼事了啊？只有你活了下來嗎？」

「嗯……」

我不曉得該怎麼開口解釋。

「哥哥姊姊們……太厲害了！這是六人局耶……居然能一來一往到第三夜才結束！」

曉實興奮地鼓起掌，本來那副令人同情的可憐模樣完全消散，整張臉都亮了起來，眼珠子溜溜地轉著，不停來回看著萁蘤和我。

「真正的女巫是助手哥哥吧？」

我笨拙地點點頭，曉實鬆了口氣。

「一開始我也覺得是助手哥哥，可是上一輪魔女姊姊的氣場太強大了，害我覺得好緊張……才投給魔女姊姊。」

「6號是妳的朋友嗎？她使用了大量的遊戲詞彙，不像個新手。」

萁蘤冷不防地提問，中斷了曉實高昂的情緒，她不好意思地低下頭。

「是、是的，她叫洪愛芮，主持人是她的同學，我委託她們幫忙開村……我想說魔女姊姊如果沒玩過狼人殺，說不定會想體驗看看……不然這個時間信使號上是湫不滿玩家的……不過！我們只有在夜晚時做狼人溝通，絕對沒有私下聯絡……」

「她們和妳不同校嗎？」

「愛芮讀山上的森林小學，只有假日會來補習班。」

「妳們應該不可能這兩三天都不上信使號玩狼人殺，對吧？」

萁薵注視著曉實，後者聞言，神情看起來比萁薵指出她是狼人自殺時還要震驚。

「若是如此，我希望妳和剛才那位6號……將這幾天遊玩的過程和參與的玩家簡單記錄下來。還有妳提到帳號被殺死的那位朋友，如果她還記得之前的遊戲，也盡量整理大致內容，記得多少就寫下多少。這個星期六中午，請妳帶著收集的資料來這裡——」

萁薵將手機推向曉實，育熙和我忍不住伸長了脖子，試圖看清楚螢幕。

畫面上顯示的一家離露高步行約六分鐘，名為「花園」的咖啡廳營業資訊。

「至於你們兩位——」

我屏息等待萁薵下達指令，育熙也殷切地盯著她。

「下週就是期末考了，還是專心準備考試吧。」

「啊……」

「期末考啊？我已經半放棄了……」

育熙吐了吐舌頭，我也尷尬地露出苦笑。

「嗯。那也沒辦法了。」

薄唇勾起一抹意味深長的微笑，萁薵一本正經地說：

「只好約在這家店一起讀書了。」

●

儘管萁蘦千叮嚀萬囑咐育熙和我——絕對不要把唸書的時間花在信使號上。我的心思還是完全被狼人殺占據了。

為了避免被萁蘦撞見，我特地下載了幾款狼人殺手機遊戲四處亂竄，雖然身為一隻菜鳥，也只敢玩標榜新手練習的六人局。

然而無論我怎麼玩、什麼時間點玩、在哪一個遊戲APP玩，不管兩個神職是預言家和女巫，還是預言家和守衛，網路遊戲裡遇到了更多像那天3號一樣的玩家。

惜字如金、以各種理由推託不開語音、生氣的、吵架的、亂罵人的……什麼千奇百怪的情況都有，就是沒有半場像我們在教室裡胡亂玩的第一局那樣有趣，那樣地令我印象深刻。

於是，星期三的深夜，我偷偷打開信使號上，那個表面是討論區，實際上已然成為狼人殺專區的綜合交流版，混進一場十名夜貓子聚集而成的遊戲裡。

雖然那場的我只是個村民，還是個第一晚就被狼人殺死的村民，同隊女巫也不使用解藥拯救我，導致我全程只能旁聽……

信使號上的狼人殺，終究有趣多了。

星期四的深夜，沒有把握玩好遊戲的我，做足十二人局的流程功課，嘗試開村，擔任主持人。

我翻閱了一些遊戲介紹和攻略討論，看來看去仍舊是十二名玩家的場次看起來最正式、最完整，不少狼人殺綜藝節目也是採用十二人搭配警長競選的模式，雖然真的複雜許多，但內容豐富度和競技感也跟著翻倍，只是我很清楚自己的程度不可能參與這種等級的遊戲。

不過，讀讀流程、主持遊戲、從旁觀戰，並不是什麼困難的事。如果順手記錄遊戲過程，說不定多場下來，我或許也能在信使號發現「謀殺案」的蛛絲馬跡。

這樣一來，星期六和大家相見，需要面對「助手」這個稱呼時，我應該不會再覺得心虛羞愧了吧？

我看著信使號上屬於我的頭像。

那是匹朝著畫面左側垂下頭的藍色駿馬，隻身佇立在多彩鮮豔的原野上。

信使號的帳號只會依照註冊順序顯示一串六碼數字，無法自定暱稱，也不能自行上傳圖片，只能使用網站給予的專屬頭像。

一開始我以為那些可能是ＡＩ生成的圖畫，看到我的頭像時也只覺得有點眼熟，直到使用搜尋引擎的以圖搜圖功能，我才意識到，這個學習網所有會員的頭像，都是取自歷史上或是近代重要藝術家的作品。

我的頭像正是德國畫家法蘭茲・馬克筆下著名的《藍色的馬，一號》（註3）。

在主持幾場狼人殺之後，我發現不少玩家也會使用頭像或是頭像圖片的作者名字來稱呼彼此，像是「軟鐘」或是「多納泰羅」之類的，還有位網站管理員直接被喚作「哥白尼」。

沒想到一個補教機構架設的學習網，竟然會在這樣的細節設計上這麼別出心裁。

被分配到《軟鐘》頭像的孩子也許就對達利產生了興趣，被稱為「達文西」的學童或許會想像自己成為博學的天才。

那就好像是，這些還懵懵懂懂的年輕學子，被隨機賦予了自信、期待與夢想一樣。

在那探測水星的信使號上。

註3：德國畫家法蘭茲・馬克筆下著名的《藍色的馬，一號》。

「哈……心譽，早安啊。」

星期六一早，伴隨陽光出現在我家門口的只有育熙一個人，她帶著不輸給曉實的黑眼圈，就連便服都反常地捨棄了那些露肚子穿搭，穿著有點慵懶的米白色針織衫與深棕色長褲，背著看起來非常重的焦糖色皮革大包包。

「早安，育熙，妳……還好嗎？」

「不要用那種表情看我啦，我只是——哈……這幾個晚上念書念得太認真了！」

育熙不停打著哈欠，邊說邊不好意思地聳肩笑道。

「確定不是玩遊戲玩得太認真？」

「尹心譽！難道你就沒有玩嗎？」

她甩了甩披在肩上的棕色捲髮，微微噘起嘴巴。

我不敢再故意逗弄她，畢竟這幾天都沒讀書的自己也沒資格嘲笑別人。我趕緊背起裝滿課本講義的後背包，和紅嬸道別，與童年玩伴快步走出家門。

自從養成和育熙、萁蘬一起晨間散步的習慣後，藍叔也不像過去那樣連我要去趟超商，都堅持開車載我了，特別像今天這種陽光普照的好天氣，他們總能放心地讓我徒步離家。

「育熙……算過自己這幾天玩了幾場嗎？」

「信使號的話，大概就兩三場吧。至於其他手遊我就……不敢算了，哈哈。」

「有玩出什麼心得嗎？」

「沒有。」

育熙伸出舌頭扮了鬼臉。

「我玩得好爛，瘋狂連敗，都快沒信心了。可是不知道為什麼，就好像中毒了一樣，立刻開始下一場。」

「嗯……我也是……」

我不敢說出「希望自己能幫上萁蘼的忙」的微小心願。

「就算玩得再多，還是會回味星期三在信班教室玩的那場呢。」

我看向身旁的育熙，沐浴在上午的陽光下，她的髮色看起來更淺了。

「究竟是為什麼呢？我們兩個新手玩得那麼菜，還被小學生耍得團團轉。」

「……卻完全沒生氣。」

「就是說啊！我在那個廣告打很大，還有藝人代言的遊戲裡玩，不管最後是輸還贏，每一場都氣到罵人！你知道嗎？昨天睡前我遇到一個超誇張的——」

前往咖啡廳的路上，育熙手舞足蹈地講述著她遇到的荒唐玩家，不時模仿對方的語氣，生動到我都忘了這段步行距離需要花費十五分鐘。

直到她推開那扇上半部是格子窗的典雅深綠色大門，咖啡廳內響起清脆的銅鈴聲時，我恍惚的意識宛若剛從夢境裡甦醒。

這是家以木枯茶色和常盤色（註4）構築的復古咖啡廳，矩形的店面頂多同時容納三十位客人，木地板以人字形方式朝內鋪設，空間不算太寬敞的走道劃分左右，左手邊是工作區與吧檯座位，右手邊則是五組固定式的四人座沙發。

萁蘤就坐在最深處的四人座裡，若不是從天花板垂下的彩色玻璃吊燈照亮了她的臉龐，一身黑的她幾乎消融在陰影中。

我們走近萁蘤，才發現小小的委託人早到了現場，身著吊帶裙的曉實與萁蘤對坐，她眼下的陰影依舊搶眼，一臉陰鬱彷彿剛喝了碗太苦的漢方水藥，而不是眼前那塊充滿鮮奶油的草莓蛋糕。

「早安，萁蘤！曉實妹妹！」

育熙搶先坐到萁蘤同一側，歡快地打招呼，我在曉實旁邊坐下，她只是微微點點頭，似乎沒有心情說話。

「午安。」

萁蘤淡然地回應，現在時間才十點半，她面前難得沒有各種讀到一半的磚頭書，只擺了壺熱紅茶和一疊字跡凌亂的紙張。

「我去點餐，心譽要奶茶跟燻雞三明治嗎？」

育熙抓著邊緣有些斑駁的菜單說道，我們雖是第一次來這家店，但她就是有瞬間判斷出我會喜歡的餐點的特異功能，在我們還很小的時候就老是這樣了，不管我會不會突然想試試別的口味。

目送育熙蹦跳至櫃檯後，我緊張地問：

「發生……什麼事了嗎？」

「曉實的帳號『遇害』了。」

「怎、怎麼會？」

「嗯……被殺掉了……」

「今天發現的嗎？」

「早上起床一開信使號，發現帳號登出了，就知道這次輪到我了……」

曉實給了我一個苦澀的微笑。

「不過，在帳號死掉前，我應該算是完成了魔女姊姊交代的回家作業，把我、愛芮

註4：常盤色（ときわいろ），日本傳統綠之一，源於冬季不褪色的常青樹。

和珂珂有印象的遊戲紀錄都抄下來了。」

她瞄向擱置在萁蘼前方的紙張。

「如果之後還需要資料，就只能麻煩愛芮了……」

「喔！那位講話唧唧喳喳的小朋友啊。」

點完餐的育熙一回座，竟能馬上接上話題，她有些不以為然地挑起左眉。

「頭像是一堆黃黃紅紅的方塊對吧？我後來還遇過她幾次呢，她發言的氣勢不錯呢。」

「愛芮是我們三個裡面最會玩狼人殺的唷。」

曉實輕觸著蛋糕旁的銀色叉子，故作輕鬆地說。

「我……是不是因為玩得太差，才會被殺掉呢……」

即使曉實的語調平靜，我隱隱覺得她透露出一股無力感。

——**就像許願、就像魔法一樣……**

想起她曾經提過流傳在補習班的傳聞，信使號的狼人殺玩家中，有多少小孩相信著自己只要玩得夠好，就能成為露高或露中的學生？不管這是他們自己的願望，還是其他人加諸在他們身上的期許。

「妳的另一位朋友，倪珂——是這位《藍騎士》吧？」

一直沉默不語的萁蘦總算開了口，雀茶色的眼眸認真望著曉實，右手敲了敲其中一張滿是鉛筆字跡的紙，仔細一看才發現紙上其實印有不少正方形的彩色圖片，萁蘦的食指正指著一幅描繪了在翠綠原野上駕著白馬奔馳的藍斗篷騎士。

「那天妳特地跑來找我，就是為了第一位受害的摯友帳號——『康定斯基』吧？」

聽到還算耳熟的藝術家大名，我認真觀察起那張有著印象派筆觸的畫作。

「嗯。本來……補習班傳出有人在消滅狼人殺帳號的謠言時，我們三個人都不相信的，也不太在意，一直到珂珂的帳號被殺，我們才發現這件事不是謠言。」

有別於瓦西里．康定斯基那些充滿活潑顏色、躍動線條、試圖呈現音樂的《構成》系列，作為倪珂頭像的《藍騎士》應該是他早期的作品。

「珂珂到現在都很難接受自己失去了《藍騎士》……她超會玩好人陣營喔！就算只是村民，也都很賣力想要抓出所有狼人！」

曉實的食指仍戳著叉子握把，緊盯盤子的雙眼凝視的似乎不是蛋糕，而是草原上勇敢無懼的騎士。

「其實……我常常覺得珂珂她比我厲害多了……當初也是珂珂邀請我，我才會知道信使號上的狼人殺。」

厚實瀏海遮掩住眉眼，她又像我們初次見面時那樣灰濛濛的，彷彿與我們其他人處在不同時空。

「我真的很想幫珂珂救回她的帳號，就算救不回來，我也想幫珂珂抓到兇手！但是現在……連我自己的帳號都……」

突然間，萁蘼掏出一只灰色的智慧型手機，遞向滿臉愁容的曉實。

「這是我家多的手機，門號還在。」

漆黑的螢幕映照出小女孩愣然的倒影。

「註冊一個新帳號，我們一起找出真相。」

萁蘼態度堅定地說道，曉實鬆開揪在一起的眉毛，緊張地接過手機。

「謝……謝謝魔女姊姊……」

雖然我很好奇萁蘼家為什麼會有多的門號，但心中的疑惑還來不及說出口，她已經匆匆挑出五張紙，平鋪在我們面前。

「這五份資料是從倪珂的《藍騎士》消失前最後一場開始記錄的，時間自上週日跨到昨天週五，共十一場，除了週日是三人同場外，週一、週四、週五曉實與愛芮兩人一起玩了兩局，週二與週三則是兩人分開各玩了一局，這裡說的局數不包含我們參與其中的新手局。」

萁蘼邊說邊指著紙上鉛色的五角星。

「星星數量是曉實與愛芮兩人遇到同一位玩家的次數，而叉叉是再也沒出現過的玩家，我們將這些假定為『被殺害』的帳號——」

手指滑過紙面，幾幅正方形頭像上有著筆跡特別用力的叉叉。

「週日被殺害的是康定斯基《藍騎士》，週一是畢卡索《三個音樂家》，週二是羅伯特・德勞內《艾菲爾鐵塔》，週三是亨利・盧梭《夢境》，週四是荀白克《藍色自畫像》，週五是保羅・克利的《老人》。更早之前的資料暫時無法查證。」

留著一頭帥氣短髮的女店員靠了過來，中斷了萁藹的話語，她動作俐落地送上熱奶茶、熱焦糖瑪奇朵和兩份燻雞三明治，育熙小心翼翼地將有著葉子圖案拉花的熱奶茶推到我面前。

「這些慘遭毒手的帳號有沒有共同點呀？」

育熙在啜了口焦糖瑪奇朵後提問，她的腦筋動得比我快多了。

確實……假如能看出帳號之間的共同點，也許就可以歸納出兇手作案的邏輯？

「除了都是二十世紀的畫家外，尚看不出其他共同點，就連帳號死去前最後一場遊戲抽到的角色與陣營都不相同，倪珂的康定斯基和曉實的保羅・克利是預言家、畢卡索是黑狼王、德勞內是村民、盧梭是狼人、荀白克是白癡神……」

聽到萁藹說出「白癡」這個字眼，我差點噴出嘴裡的奶茶，縱使腦袋很快想到那只是其中一款規則裡的好人角色罷了。察覺我又犯蠢的萁蘢睨了我一眼，我試圖說點什麼轉移焦點。

「是、是說信使號的頭像是系統隨機分配的，兇手會不會也是隨機挑選對象呢？」

「那……不就像……在網路上無差別殺人？」

忙著註冊新帳號的曉實聞言抬起了頭，緊握手機的小手微微顫抖。

「我認為兇手有所目的，被殺害的帳號應該滿足了兇手設定的某個條件。如果是無差別或隨機謀殺帳號，那單日死去的帳號數量應該會更多，兇手沒有必要一晚過去只抹除一個帳號。或者，兇手的行為可能會更缺乏規律，但從曉實提供的這些資料來看，其行為模式較像進行過篩選。」

萁蘢端起瓷杯，抿了一小口紅茶，慢悠悠地說著。

「信使號以隨機分配的頭像和使用者識別碼標註會員，而且不開放自行設定暱稱，也許是想削弱網路身分與現實身分間的明確連結性，信使號終究是個以學習為主要目的與任務的網站，會員應著重於自身學習和成長，而非經營虛擬身分或是滿足個人的娛樂需求。」

育熙側著頭咀嚼三明治，我抓起三明治咀嚼著萁蘢說的話。

「因此，兇手篩選目標的方式，大概得透過會員之間的互動來判斷了。」

「於是……兇手……利用了狼人殺……」

「曉實和愛芮註記了星星符號的這幾位是關鍵線索，畢竟信使號上的狼人殺是會員自行帶起的風潮，並非網站和ＡＰＰ原本提供的服務，也不存在遊戲紀錄和觀戰系統。假設兇手要透過狼人殺篩選目標，那勢必得親自加入遊戲。」

「喔！我大概懂萁蘙的意思了！」

育熙眨動捲翹的睫毛，興奮地看向桌上的紙張。

「我們可以對照帳號死去前最後一場遊戲的玩家名單，每場都出現的就是兇手了！」

我恍然大悟，身體也忍不住像育熙一樣往前傾。

「可惜……嫌犯的數量，比預期的多。」

萁蘙嘆道，她特意指出了星星數量特別多的頭像，我定睛一看，發現有七枚頭像被畫上至少七顆星號標記。

「怎麼會這樣？那要怎麼抓出兇手啊！」

「曉實認得這些帳號嗎？」

「嗯，大部分都遇過……都是玩很久的玩家了，有幾個好像是最近才出現的……像是這兩個。」

曉實指向畫風特別夢幻的頭像，畫面上是名身著華麗粉色蓬裙、正在盪鞦韆的女子，另一個則是獅子石雕的頭像，畫面聚焦在雄獅糾結的面容上。

「至於這三個……幾乎每天都會出現，我昨天最後一局就同時遇到他們……」

曉實伸長手臂，遙指最靠近桌邊的那張資料，三枚頭像上的星星數遠遠超過七顆，分別是筆觸瀟灑、顏色濃郁的藍色花瓶頭像，一片彷彿籠罩著亮麗藍霧的不知名機器頭像，和安德烈・德蘭的《哈樂昆和皮耶羅》。

「其他玩家幫這三位取了一個奇怪的綽號……他們特別會玩，玩法又很兇……大家就開始這樣叫他們……」

「野獸派。」

曉實詫異地望著對坐的萁藹，像是不敢相信她竟然能在自己之前說出正確答案。

「烏拉曼克的《藍色瓶花》、杜菲的《電氣精靈》、德蘭的《哈樂昆和皮耶羅》，這三名畫家在二十世紀初都是野獸派的一員。和馬諦斯一起創立野獸派的安德烈・德蘭被稱為『古典野獸』，烏拉曼克為『風景野獸』，勞爾・杜菲則是『水彩野獸』。」

「對……魔女姊姊，妳都說對了，他們三個還特別會玩狼人陣營……就像真正的野獸一樣……」

似是穩定心中的膽怯般，曉實叉起最後一口蛋糕，慢慢含入口中，用力地吞下。

「昨天，我就是被他們三個圍剿的預言家……整場沒有半名好人相信我……」

看著曉實惹人憐愛的沮喪模樣，我差點伸手摸她的頭安撫她，幸好滿手的麵包屑制止了我的衝動，倒是萁藹貼心地替曉實送上餐巾紙，有那麼一瞬間，我誤以為萁藹打算幫曉實擦掉嘴邊的鮮奶油。

「嘿！這些嫌疑犯好像都在線上耶！」

擱下三明治的育熙興奮地將手機螢幕轉向我們——

【人滿開村】12人警長局，預女騎守白狼王

「要不要調查一下呢？」

「育熙也玩上癮了？」

「這都是為了調查！為了曉實妹妹，我現在超有幹勁的！」

育熙露齒而笑，萁藹有些無可奈何地掏出自己的手機和兩組耳機。

「帳號註冊好了？」

曉實點點頭，接過萁藹手中包著千鳥紋絨布的 Air Pods 盒。

「嗯，愛芮也在線上，隨時可以加入。」

「太好了，這樣我們就有五個人一起玩了！」

「可是，遊戲歸遊戲，我們也不能私下溝通……」

我緊張地提醒育熙，她邊戴耳機邊對我投以燦爛笑容：

「當然呀！我只是很開心又能和大家同一局了，我受夠那些難搞的奇怪隊友了！」

我無奈地嘆了口氣，試圖回想萁藹所說的幾個嫌疑帳號頭像，彷彿想著那些可疑的畫家與畫作，就能壓抑因為又要進入遊戲而加快速度的心跳。

——我也喜歡上這個遊戲了嗎？

——像我這樣的人，也會為這種燒腦又勾心鬥角的遊戲而激動不已嗎？

我讀著開村頁面裡的遊戲說明，這是一場包含警長競選的十二人局，狼人陣營為三隻狼人與一隻白狼王，白狼王的特殊技能是能在白天自爆身分，並帶走一位場上的好人玩家。

好人陣營為四位村民與四位神職人員，神職分別是我們比較熟悉的預言家與女巫，以及一名每個夜晚能守護一位玩家的守衛，和一名白天發言時可以公布身分、發動決鬥驗證其他人陣營的騎士。如果騎士發起決鬥對象不巧是屬於好人陣營的話，必須以死謝罪。

第一則留言裡，開村的版主更新了目前已經加入遊戲的帳號資料，如同信使號使用者的習慣，直接以頭像的作品名或是作者名來稱呼，這場恰巧就有曉實特別指出的新人玩家法戈納《鞦韆》與托瓦爾森《垂死獅子像》，還有信使號上赫赫有名的野獸派三人組，此外也有同樣被打上七顆星星的米勒《拾穗》。版主本人則是也被列在嫌疑犯清單裡的多納泰羅，他的頭像是戴著帽子、一頭齊肩中長髮的《大衛》銅像。

我按下「Talk」圖樣，黑底白字的即時聊天室隨即展開，只有數字的使用者識別碼接連加入，也有不少帳號加入後沒多久又秒退離開，可能是發現這場玩家的實力不容小覷吧……

「曉實妹妹，哪個是妳的新帳號啊？」

「一幅戴假髮的肖像畫……我不知道畫的是誰……」

我重新載入留言裡的玩家名單，在代表我的法蘭茲・馬克《藍色的馬，一號》之後，依序是曉實的新帳號《肖像畫》、曉實好友洪愛芮的蒙德里安《擬畫一號》、育熙的保羅・德爾沃《憂鬱的讚歌》，可能原畫描繪過於裸露，頭像只取了畫面左半部的女人背影、華麗的門和裹著藍色毯子的一雙腳。

最後是萁蘦的頭像——一幅宛如遭到扭曲的黑白棋盤格。

我曾經私下搜尋過，那幅應該是被譽為歐普藝術之父維克多・瓦沙雷的作品《Vega》。

「差一位，請稍等。」

耳機裡傳來主持人多納泰羅冷淡含糊的聲音，像是略微低沉的女性聲線，但也有點像即將進入變聲期的男孩。

「好好留意這場所有玩家的言行舉止。」萁蘙提醒道，她將桌上的紙張都翻到空白的背面，隨意分給我們三人。曉實蓄勢待發地按壓自動鉛筆，育熙也拿出她的筆袋，我趕緊從背包隨便摸出一枝藍筆。

耳邊響起最後一位玩家加入的提示音，我瞄了眼更新後的名單，是幅我認得的畫作。

荷蘭黃金時代（註5）代表畫家，光影大師維梅爾的《繪畫的藝術》。

黑底的聊天室猶如夜幕，已漸漸習慣的亮紅色開村公告強硬地闖入眼簾，十二人局的狼人殺遊戲正式開始，主持人以密語送來這場我的職務。

那瞬間，我彷彿看見側頭俯視前蹄的藍色馬兒，不得不昂首朝寬闊的原野邁開步伐。

你是2號玩家，本局身分為好人陣營的「騎士」。

註5：約為西元17世紀，荷蘭在貿易、科學、藝術上領先各國的時期。

第四章　洋房中的圓桌會議

我總有種幻覺——在信使號玩狼人殺，就好像被捲入一場發生在詭譎私人美術館的神秘事件。

黑夜降臨時，獨自走在看不見盡頭的長廊上，格子窗外滿月高掛，寒光遮蔽了漫天星辰，枯枝隨著冷風搖曳，落在腳邊的樹影就像狼人張狂的爪牙。

除了自己踏在大理石地板上的步伐外，館內闃寂無聲。

或許是黑暗，也或許是魔法，牆面看不到任何的畫作懸掛，直到多納泰羅廣播般地宣布睜眼，我才能一覽這座名為「美術館」的晦暗洋房全貌——

在剛好能夠容納十二人的巨大餐桌前，一眾「藝術品」肅穆地正襟危坐。

我的左手邊是3號，一頭趴臥著的灰白雄獅，托瓦爾森《垂死獅子像》。4號是萁蕗。

5號的古典野獸德蘭幻化為《哈樂昆和皮耶羅》中，左邊那名身著彩色菱格紋表演服的小丑。

6號是剛獲得新帳號，頭戴莫札特似銀色假髮的曉實。

7號為法戈納筆下一襲洛可可華服的年輕女子，她將座椅搖擺成岌岌可危的《鞦韆》。

與我對坐的8號是育熙，她披掛著《憂鬱的讚歌》中蓼藍色毛毯，像名睿智的古希臘雅典人。

9號無論正面還是轉到背面，都是《繪畫的藝術》裡戴著貝雷帽黑衣畫家的背影，見不到有著五官的真實樣貌。

10號風景野獸烏拉曼的《藍色瓶花》，讓無數豔麗的色彩組成面孔，隨風恣意擺動。

11號《拾穗》中的三名農婦是緊黏在一起的連體嬰，包著不同色的頭巾低垂腦袋。

12號是曉實的好友愛芮，佩戴著蒙德里安的標誌性色塊拼湊成的面具。

1號是水彩野獸杜菲的《電氣精靈》，也許是原畫太龐大了，僅保留了一層辨識度極高的柔和藍色，猶如霧氣般聚集成人形。

最後是抽到2號的我，本該是匹藍色的馬，如今卻偷偷披上披風，必須隨時準備搖身變成康定斯基筆下毫無畏懼、勇往直前的藍色騎士……

「現在開始競選警長。」

狼人已在夜裡痛下殺手，為了揪出非人的牠們，人類需要一位值得信賴的領導者。

在狼人殺的世界裡，那位領導者通常是能夠查驗出他人身分好壞的預言家，預言家必定參選警長。

這一次共有五人參與選舉，萁蘬和育熙竟然位列其中。

多納泰羅抽籤宣布發言順序，將從11號《拾穗》順時鐘展開。

「哈哈哈！太好了！預言家就是11號我！哈哈哈……」

三名農婦中包著紅頭巾的那位抬起了頭，她聲音富有磁性，卻邊說邊笑：

「我看這個8號衣衫不整的，就好像做了什麼虧心事一樣，沒想到這樣順手一摸，唉唷，還真的是狼啊！等下拿到警徽，我就先摸摸1號，再摸摸看9號，嘻嘻，過。」

育熙神色嚴肅，彷彿古希臘學者般，審視著農婦的發言。

「我是好人，參選警長是想上來幫真預言家拉票，可惜第二個發言。」

愛芮耳熟的尖銳嗓音響起，蒙德里安的色塊面具歡快跳動。

「11號嬉皮笑臉的，很難相信她是預言家啊，大家還是仔細聽其他人發言吧！我退水（註6）。」

「這裡是4號，不是預言家，但想提醒一件事。」

萁蘬同樣表明退選，透亮的聲線認真地說：

「不曉得後面5號與8號是不是都要角逐警長徽章，警長在投票的時候會比其他人多0.5票，並且可以決定發言順序，是很重要的領導角色，一般情況下，好人陣營應該只有預言家參選，畢竟預言家一發揮職責便很容易在遊戲前期死去，擁有警長權力能發揮更多影響力。相對地，狼人也可能會出現一名以上謊稱預言家參選，擾亂好人的視野……倘若候選人中有非預言家的好人，理應主動退選，否則很高機率會使好人陣營自亂陣腳。」

順時鐘的發言順序來到5號，古典野獸德蘭，他冷淡地說：

「5號預言家，驗1號好人。農婦只要堅持不退水，我直接認妳狼。警徽流（註7）警下先7後9。」

「好嘛，好嘛，人家退就是了，討厭。」

《拾穗》總算退出，卻不時發出詭異的竊笑。終於輪到最後的候選人育熙，憋了許久的她毫不留情地吼了出聲。

「我8號才是全場唯一真預言家！不好意思，我就是驗了5號這個小丑，他還真的就是貨真價實的狼人——」

註6：狼人殺遊戲術語，指承認自己造假身分，常用於宣告退選警長。

註7：狼人殺遊戲術語，警徽流向的簡稱，當警長死亡無法發言時，可憑警徽流向表達玩家身分好壞。

育熙義憤填膺的態度成功說服了大多數沒有參選的人，以四票對兩票的結果打敗了德蘭，當上警長。她的雙唇噘得老高，不太高興地瞪向棄票的我。

德蘭發言簡潔，話語裡夾雜太多陌生名詞，我一時反應不了，而育熙可能是氣壞了，所有時間幾乎都用在大罵德蘭是可惡的狼人，以我的標準來說，她並沒有給予其他更多有效的資訊，雙方比較起來都有些可疑，我也很難在這麼短的時間裡決定投給哪一位……

多納泰羅宣告黎明到來，氣氛陰森的美術館沐浴在陽光下，然而第一晚死者的遺體也因此清晰可見。

本就奄奄一息的臥獅倒臥在血泊中，3號托瓦爾森哀怨地環顧場上十一個人。

「我是守衛啊！守衛第一晚本來就不太需要守人吧？不然跟女巫的解藥撞到同個人就太浪費了！結果女巫居然沒有救我？我是守衛耶！不錯嘛！你們就自己玩吧！」

《垂死獅子像》成了已死的獅子，屍首與遺言一同化為塵埃。當上警長的育熙威風凜凜傲視眾人，決定從萁蘿開始，繼續順時鐘發言。

「我以為能先聽到其他人說詞再來整理場上局勢。」

扭曲的黑白格像是魔女的寬沿尖帽，影子遮蔽了萁蘿的面容。

「雖然我覺得好人不應該直接自曝身分……假設3號是狼人，那他就是自殺企圖騙走女巫解藥卻失敗，這種策略的危險性有點過高，會有很大的機率沒參與到遊戲便遭淘汰，所以若3號真的是狼人，應該要參選警長比較合理。由此推斷，3號確實是名好人。至於8號和5號的警長之爭——」

可能是遊戲節奏有點快，算是新手的萁蘼又是第一個發言，為了想講清楚自己的思維脈絡，不知不覺超過了發言時限，可惜無法聽見她對警長開票結果的完整看法。

下一位是小丑德蘭，他再次強調《拾穗》的行為詭異，並勸導自己認證的好人《電氣精靈》回頭是岸，畢竟1號居然把票投給與德蘭敵對的育熙，最後他迅速交代了其他神職人員下一個夜晚該做的工作。曉實解釋了投給育熙的心路歷程，《鞦韆》也詳述支持德蘭的理由，可惜她是少數派，而唯一與她並肩站在同一派的是那頭死去的獅子。

輪到育熙時，她先感謝投票給她的人，再針對德蘭的發言提出質疑，正義凜然的氣場感覺上應該是真正的預言家了。

「我剛剛投給8號德爾沃，她應該是真的。」

沒有臉的《繪畫的藝術》幽幽地說，過小的音量使她的聲音聽起來很虛無飄渺：

「她跟米勒一前一後夾擊德蘭，讓我產生一種她們倆意見相同的錯覺……但我還是想站在8號德爾沃這邊。」

「我和前面的帽子畫家想法不一樣，我雖然剛剛也投給8號，可是看到票型後，我想反悔。」

《藍色瓶花》瀟灑的筆觸與風景野獸略微急躁的口氣很融合，就像室外凜冽寒風用力拍打著有些年歲的格子窗似的。

「大家看，5號才拿兩票，其中一票居然還死了，8號拿這麼多票，這代表什麼？這代表沒有參選的狼人，一定都投給她了！假設8號是真預言家好了，狼人都投給她幹嘛呢？狼人是還要不要玩呢？」

風景野獸愈說愈激動，整座洋房被劇烈的怪風猛力侵擾。

「我也不懂5號明明驗了1號好人，結果1號居然投給8號？這什麼意思？大家明白我為什麼覺得自己投錯了吧？1號妳最好好好解釋清楚，不然我這局要撕警徽。」

「哈哈哈哈，10號你才奇怪吧？你有沒有錄音？要不要回放聽聽看自己說了什麼？」

連體嬰農婦如麥浪般前仆後繼地捧腹大笑。

「狼人殺這個遊戲是這樣的——好人呢，因為目標明確，啊、也可以說是因為資訊不足，沒什麼花招可以玩，所以好人的定位必定很明確。會一直改變立場，游移來又游移去的那種啊——百分之兩百是狼人啦！嘻嘻，抓到了吧！你10號和小丑就是狼人！還差兩隻嗎……隨便啦，那就1號和9號吧！這局真容易！哈哈哈！」

「欸，農婦這種態度我真的很想票她耶？亂上警（註8）還要別人分析一番才肯退水，現在在那邊嘲諷人、扯票型、亂點狼，她這樣玩法才像狼吧？」

終於拿到話語權的愛芮連珠砲似地尖聲說道：

「我有上警，沒辦法投票，聽了前面的說法後，我想站邊5號……不是啊！農婦實在太狼了，而且5號有講清楚他拿到警徽後要怎麼做，8號除了很有正義感外，發言沒什麼資訊，我也贊成撕警徽。」

「嗯……這裡是1號。」

水彩野獸擁有和顏色很相符的甜美音色，慵懶的語調總覺得有點耳熟。

「我的想法很單純……可能也是我想太多吧，5號預言家查我是好人，可是我也不知道他是真是假呀，那我投給8號預言家，8號覺得我這樣很奇怪，反過來查我的話，我不就有雙重好人保證了嗎？」

《電氣精靈》如夢似幻地笑了。

「結果8號也沒想要驗我的意思，好像她就相信了5號的說法一樣，這樣也好奇怪呀。反倒是5號超級認真的，最後安排了好人神職的工作。嗯……至於4號勸退了11號，

註8：狼人殺遊戲術語，競選警長之意，「警下」即代表未參選的玩家。

應該是個好人，那麼狼就是……8、11……9號和10號我覺得講的也沒有很清楚，有點小懷疑他們……這局我覺得要淘汰8號，我們應該認錯預言家了。」

「咦？」

一個恍神，這輪發言即將結束，我這才意識到自己是最後一名發言者。

暗處的數十隻眼睛緊盯著我，看不見的鼓槌敲著胸口，心跳節奏逐漸緊湊。

整場局勢繞了一圈，不知不覺間轉變了不少，我努力回想，卻想不透風向怎麼會變成現在這樣。

「好像……大家都滿有道理的……」

育熙蹙起眉頭，眼裡滿是懇求，就算其他玩家怎麼說，我還是無法相信她說謊。

說不出半句話、不敢做任何決定的我，不管再怎麼努力，也只是胡亂覆述了其他人的發言，即使聲明自己相信當上警長的預言家，卻無法說服懷疑起育熙的其他玩家，眼睜睜看著我們自己選出來的警長成為不被相信的那一方。

「太扯了……莫名其妙……」

育熙的遺言只拋下情緒性字眼，在夜晚到來前，預言家胸前的警徽被無數的手強硬地撕毀，8號玩家遭到了放逐。

縱使月明依舊，第二夜的美術館卻更加靜謐鬱黑了，空氣與油彩一同凝固，四處鬼影幢幢，閉著眼睛的我們無法探知夜裡的資訊。

當天再次亮起，廣播捎來「平安夜」的消息，隨機的發言順序再次落到萁蘼身上，她徐徐地嘆了口氣。

「真不巧……連續兩輪第一個發言，實在沒辦法針對這一局各位的發言進行分析，只能重新整理前一輪的情況。剛才我棄票了，各位雖然有來有往，但仔細聽的話會發現不太對勁，好人陣營與狼人陣營在遊戲初期最大差異，在於狼人知道彼此的身分，很容易在言談間透露出『團隊感』，如同風景野獸推測的，8號能拿到較多的票『顯然受到狼人團隊的支持』，但這是否就能反過來證明——8號一定是狼人呢？」

我細細思索著萁蘼說的話，還來不及理解她又緊接著說：

「在我聽來，8號是沒有團隊的。5號認為1號是好人，1號卻投8號，她信任8號的理由是希望8號再給她第二個好人的雙重證明？9號雖然投給8號，卻說8號跟11號夾擊5號，像是想將她們綁成團隊一樣，但若是如此，11號何必一開始要跳出來說自己是預言家呢？所以，我認為狼人陣營其實是……」

鈴聲殘忍地響起，來不及說出重點的萁蘼鼓起腮幫子。

下一位輪到疑似是真預言家的小丑德蘭，他劈頭就說自己確認了《鞦韆》是好人，然後開始安撫民心，直言好人再淘汰一匹狼人，下一晚女巫毒死一匹，我們就能拿到勝利了。

「4號認為的不對勁是建構在『8號不是狼』的假設上，可是妳換個角度來想啊——8號其實就是真正的狼——那4號說的『不對勁』就不存在了呀！所以，我們這局顯然就是投給跟8號一掛、行為怪到爆的11號！至於4號發言態度聽起來像好人，發言內容……大概被狼搞暈了吧？我覺得4號不像狼。」

「6號可以證明4號是好人，因為……昨天晚上被殺的是4號，我……用了解藥。」

曉實顫抖的嗓音剛道出了真相，萁薵便瞪大了雙眼，可是她不能出任何聲音。育熙趴在桌子上，已經拿出英文課本喃喃背誦。

看著她們的反應，我有種不太妙的預感。

《鞦韆》認為萁薵和曉實是好人，但也同意這一輪把票投給怪裡怪氣、令人煩躁的《拾穗》，只有背影的帽子畫家意見也和她差不多。

「終於輪到我了，我說——6號，妳就別裝了，我才是真正的女巫，昨晚4號是我救的，第一晚3號我不救，是因為我已經連續好幾天遇到他，他都是狼，而且超愛玩自刀。」

風景野獸一說完，這回輪到曉實圓睜眼睛，她不敢置信地看看萁薵，萁薵放下手機，目光飄向曉實準備的那些資料，陷入了沉思。

之後三顆頭的農婦又嘲笑了些什麼，愛芮是如何和風景野獸針鋒相對，《電氣精靈》花了很多時間溫柔地打圓場，她相信曉實和風景野獸是為了混淆狼人陣營的判斷，才會搶著承認自己是女巫等等……我無力記下所有細節與前因後果。

「這場很單純，遊戲也進入尾聲，神職只要表明各自的身分，那狼也殺不完的。」

《電氣精靈》笑著說著。

迴響在幻想洋房裡的人聲紛擾似乎沒有那麼重要了，不管身為好人陣營的我們獲得勝利，還是被狼人群殺害滅絕，那都不是我們投入這場遊戲的真正目的……不是嗎？

「我可能也是個有身分的人唷。」

甜膩而朦朧的嗓音突然喚醒了我，遊戲局面瞬間清晰了起來。

《電氣精靈》在暗示自己是神職嗎？可是場上只剩下「騎士」沒有人認領了。

「騎士」這個身分一旦揭露就等同於使用了「決鬥」技能，通常會在確定狼人身分時才掀牌表明，也因此，不管是村民還是狼人，很難嘗試假扮這個角色。

既然如此，《電氣精靈》為什麼要做這種暗示呢？

她是故意引誘騎士決鬥嗎？還是如她所說，純粹想搗亂狼人陣營呢？

——可是，這場的騎士是我啊……

我應該表明真身嗎？但是我又該跟誰決鬥呢？場上圍坐的這些藝術品，到底哪一個是狼人？假如我制裁錯人了，那好人離失敗不就又更近了嗎？

不，就算我找出一名狼人，現在的好人……真的還有獲勝的機會嗎？

「這裡是2號……」

我盡量保持鎮定，不停地調整呼吸，想要放慢說話節奏。

可是，滿腦空白的我，就跟上一輪一樣，完全不知道該說些什麼。

「2號……也有身分……」

我早該認清真相，像我這樣的人，根本不適合這種又要動腦、又要說話的遊戲。

我沒有萁蘼的腦袋，也沒有育熙的自信，不像愛芮那般伶牙俐齒，也不像曉實對狼人殺懷有別的期望。

我無法對著滿月許願，在充滿偉大藝術家的信使號上，我找不到也感受不到任何的夢想。

這幾天會著迷地深陷狼人殺中，都是我自己一廂情願，像是中了幻術般，誤會了自己罷了。

那日的第一場遊戲會令我回味無窮，只是因為某些場景、某些畫面不知不覺間重合罷了。最後，我們贏了那場遊戲，團隊合作獲得勝利的喜悅，替換掉胸口某處過於沉重的往事，我以為這樣的替代與轉化能在每場遊戲裡發生……

但是每一場玩家、每一局過程、每一個結局都無法預測，最後只留下了感受。爭執與失敗的重量如此真實，話語之間的溫度多麼冰冷，一站在陌生人面前，被無數的眼睛環繞，我又會沒入冰冷的海裡……

一縷白煙冉冉升起，回過神，眼前見底的瓷杯被注入了紅寶石般熱騰騰的伯爵紅茶。

我抬起頭，瞬間回到溫暖的木色咖啡廳中，斜對面的萁蘢放下茶壺，不發一語地望著我，那對褐色的瞳仁像會說話一樣，直勾勾地注視著我。

就像是她第一次進到我的房間，邀請我出門走走時那般堅定的神情。

端起溫熱的茶杯，濃郁的柑橘香竄入鼻間，我喝了一小口，茶中混有一點奶茶的味道，有些微妙。

「對不起……我覺得這場好人可能快要輸了……」

我靠向手機，和緩地說。

「狼人可能都還在場上，我……沒有辦法肯定誰是，但是，我想相信8號是真正的預言家。」

育熙的目光悄悄從英文課本上飄起，熱切地看向我。

——就這麼辦吧。

我閉上眼睛，就算沉入幽深的深海底部也無所謂了。

「我是『騎士』，我要和5號決鬥。」

相信育熙的我，只能將寶劍指向汙衊她、搶奪她身分的說謊者，我看不出小丑的表情是哭還是笑，但當多納泰羅宣布5號古典野獸德蘭死去時，即使只有那麼一瞬間也好，勝利女神應該對好人陣營露出淺淺的微笑了吧？

第三天的太陽升起，藍色的花瓶碎了一地，戴假髮的小女孩也成為冰冷的遺體。

白晝的討論還沒展開，沒有面孔的黑帽畫家搶先發言，揭露自己「白狼王」的身分，並發動技能取走了「騎士」的性命。

遊戲落幕。

野獸派三人組與維梅爾所屬的狼人陣營屠殺了所有的神職人員，獲得勝利。

「我討厭這個遊戲。」

默默摘下耳機，我聽見萁蘦小聲喃喃著。

「萁蘦太可惜了，每輪都第一個發言，這樣完全沒辦法發揮我們『星期三的魔女』的實力啊！還有那個《拾穗》到底在幹嘛？像是在幫狼玩一樣。」

「不、不要緊的……下場會更好！這局的玩家都比較有特色一點點……而且狼人第一晚就殺到守衛……這是我的錯，如果我給獅子解藥……就不會那麼難玩了……」

我不知道萁藷抱怨起遊戲的原因是什麼，看著育熙和曉實慌慌張張地安撫鼓起腮幫子的她，像是想說服她再一起挑戰一局的場面有點逗趣，本來幾乎無法呼吸的緊繃感跟著煙消雲散。

「不過——沒想到心譽居然是騎士，最後的決鬥太厲害了！」

「對呀！助手哥哥毫不猶豫地殺掉假預言家，讓整個局勢都變得好明朗！」

「但是已經太遲了……我們所有神職身分都暴露了，卻只有一名狼人出局……」

「——很帥耶。」

「那、那個，曾同學！剛剛這局，有發現什麼線索嗎？」

育熙雙手撐著臉頰，咯咯笑地注視著我，我的臉頰突然一陣發熱。

「還是我們要再玩一場？」

育熙殷切地望向萁藷，曉實也抿薄了雙唇，看起來不太開心的魔女語出驚人地道：

「初步應該能排除野獸派三人組的嫌疑。」

「居然？我還以為他們嫌疑最大耶？」

「對、對呀，而且上一場他們還剛剛好都是狼人……」

「我本來還懷疑他們三個是串通好當狼的呢。」

「但是角色陣營是主持人抽籤分配的耶？」

我邊說邊確認剛才這局遊戲的開村說明，主持人多納泰羅身為信使號狼人殺的常客之一，說明文寫得非常詳細，也附上了他使用的抽籤網頁連結與抽籤結果擷圖。

「剛才的遊戲裡，野獸派那三人給你們什麼樣的感覺？」

「嗯……非常的……有自信？」

「很討人厭！目中無人！好像只有他們會玩一樣！」

「我不知道高手玩家應該是什麼樣子，但他們對狼人殺很熟悉，而且……很有熱情？」

我沒把握地說出自己的感覺，萁蘬半眯著眼睛，若有所思地看著擱置桌上的手機。

「非常自信、很會玩、對遊戲抱有熱情——像這樣的玩家，有理由封殺別的玩家帳號嗎？他們既然已經在這個社群裡稱王稱霸，獲得很大的滿足感或虛榮心了，主動減少其餘玩家，不就等同扼殺他們從遊戲裡獲取的成就感和快感了嗎？」

「所以……殺害帳號的兇手……沒有像剛剛的狼人陣營那樣組隊？」

「兇手應該是單一玩家，而且是單看帳號遊玩成績、上下線時間、場數等等紀錄，也難以判斷出其篩選受害者標準的獨行俠。」

「連萁蘬都判斷不出來了，我們又該怎麼辦？一場接一場玩不停？輪流線上守夜抓現行犯？」

「我還是認為兇手很大機率是擁有刪除帳號權限的管理群成員，職階無法確定，而兇手參與狼人殺時是會使用一般學員的普通帳號。」

「好難啊！感覺沒有任何進展啊！只有這些線索，比在玩遊戲抓狼人難太多了吧！」

「育熙姊姊說的對……遊戲裡我們至少還能聽到狼人發言，能和他們對話，可是這個兇手披著別的身分……躲在我們完全看不到的地方……太不公平了……」

曉實懊惱地玩著手指，遊戲帶給她的興奮感已經全然消散。

「我是不是應該放棄呢？媽媽說的對，我們只要乖乖讀書，好好準備考試，就可以進露中讀七年級了，根本不該浪費時間玩什麼狼人殺……」

「兇手說不定也是這麼想的呢。」

萁蘼突然冒出這句沒頭沒腦的話，曉實困惑地回望對坐的魔女學姊。

「雖然還不確定這名封殺學員帳號的管理員是哪位，但是下一名受害者身分已經呼之欲出了。」

「啊？」

雀茶色瞳仁閃爍銳利的光芒，在那之中我看見自己愣然的倒影。

「今晚過後，《藍色的馬，一號》將被殺害。」

清麗的嗓音斬釘截鐵地預言了我的死期。

●

洗過熱水澡，我假借睡覺的名義向紅嬸道了晚安。

不過才晚間十點，我早早鑽進被窩，點亮掌中的手機螢幕。

曉實在中午一到就先離開趕去補習了，我們三名留在「花園」的現役高中生乖乖地準備起期末考，一路坐到傍晚咖啡廳打烊。

然而，我的腦袋完全讀不進課本講義裡的任何一個字。

當萁蘦的目光停在我身上時，我更加緊張，腦中一團混亂，無數的藝術品和英文單字、數學公式混淆在一起，搖晃出顏色令人難以下嚥的怪異奶昔。

心思全被萁蘦的死亡預言占據了，而她也不像育熙那樣專注地讀著書，整個下午就是端正坐著，手指輕捏秀氣的下巴，像是想要用眼神燒穿滿桌的狼人殺玩家資料一樣直盯著曉實帶來的紙張。

「喂……助手哥哥，聽得到我的聲音嗎？」

耳機傳來纖細稚嫩的童音，現在的曉實說話已經不像初次見面時那樣怯生生了。

「很清楚。」

「助手哥哥的帳號還能登入嗎？」

「目前看起來很正常。」

我緊盯著螢幕上的藍色馬匹，小聲地問：

「現實中的狼人大概是在什麼時間殺掉他的目標呢？」

「我不太確定，珂珂和我都是隔天早上想登入時，發現帳號消失了。下午去補習班時，我問了一下其他同學的狀況，也有人的朋友是半夜兩點想偷玩時發現的……」

曉實突然停頓了一下，隨後幽幽地反問我：

「助手哥哥打算熬夜嗎？」

「哇啊，被發現了——」

即便曉實收集了不少遊戲紀錄，但單憑場數、勝敗數等等數據實在判斷不出什麼，我們也不可能親自參與每一場遊戲，一一觀察玩家們的反應。

所以，我有了個愚蠢的計畫。

既然萁蘠斷言我的帳號會在今晚過後死去，假設我能一直在網站上守著，等到帳號徹底消失的那一刻，再馬上對照同時在線的帳號，應該就能大幅縮小嫌疑者的範圍了吧？

「熬夜對身體不好唷。」

曉實有些俏皮地警告道，聲音很快又黯淡了下來。

「而且……助手哥哥不需要犧牲自己寶貴的睡眠時間做這種事吧？調查真相……還有魔女姊姊呀？」

曉實精準的提問，害我不知道該如何回答。

是啊，我的確沒有必要做到這種程度，曉實委託的人是星期三的魔女，雖然魔女給了我助手的頭銜，但她並沒有安排我做任何助手該做的工作。

對萁蘦來說，她大概比較在意育熙和我能不能順利通過期末考吧……

「助手哥哥喜歡玩狼人殺嗎？」

「我明白這個遊戲吸引人的地方，也曉得它的樂趣和魅力，只不過……好像不太適合我。」

我老是搞不清楚場上狀況，聽其他人的發言老是聽到恍神，而且很容易就相信別人說的一切，輪到自己說話時又吞吞吐吐，沒辦法像其他玩家那樣能言善道。

「我第一次玩的時候，一句話都講不清楚，玩得好爛……也不懂珂珂為什麼那麼喜歡。就算聽說了狼人殺玩得特別好就能夠偷偷加分成為露草國中的學生，也沒辦法真正支持我喜歡這個遊戲……玩到後來甚至懷疑自己的程度根本進不了露中。」

「那也只是謠言，補習班的網站和入學資格沒有任何關係啊。」

「我知道的……但是我還是清楚感覺得到……我超不擅長這個遊戲……」

耳機另一端的嗓音微弱而飄渺。

「但是，珂珂不一樣，平常安安靜靜的她，一提到狼人殺就變得好有自信、好有精神，而且她真的很會玩！珂珂總是很開心地鼓勵我、邀請我一起玩，還分享了好多教學文章，介紹了許多信使號的玩家跟我認識，平常下課時間，她也會帶我練習發言。」

「感覺她很喜歡狼人殺呢。」

「是啊，珂珂說每個人都能從狼人殺裡獲得不同的東西，她要我把資格考的事丟到一邊，就當作多一個練習講話的機會。」

聽起來，這位素未謀面的小學生倪珂，就像是個擁有狼人殺天賦的孩子。而她並沒有因此自命不凡，甚至想將自己的快樂分享給朋友，希望大家都能和她並肩站上遊戲戰場。

「在珂珂失去帳號以後，我再也沒看過她開懷大笑了。珂珂媽媽拒絕幫她辦新帳號的隔天，她哭腫了眼睛來上課……」

曉實深深地吸了一口氣，聲音顫抖著，卻透露出堅定的態度。

「我真的……好想幫珂珂拿回她的帳號啊，好想抓到那個躲藏在現實裡的可惡狼人！」

我一邊聽著曉實的話語，一邊不停重新整理網頁，突然間，一篇新的開村文章奪走我的注意力。

【人滿開村】10人白狼王局＋預女騎

「有騎士的白狼王局……」

除了人數、沒有守衛和沒有警長競選階段外，這是一場和白天慘敗的配置幾乎相同的遊戲，我無法阻止自己的衝動點進文章，《憂鬱的讚歌》的寶藍色頭像立刻浮現在眼前。

——竟然是育熙開設的遊戲。

「咦？育熙姊姊是主持人？難道她很在意早上那一場嗎？」

「我還以為回家後她會專心準備期末考……」

「不然，我們把魔女姊姊和愛芮也找來玩吧！」

可惜在我們分別動身聯絡萁蘬和洪愛芮時，不曉得是不是週末晚上的緣故，參與遊戲的人數居然瞬間額滿了。

虛擬的私人美術館在眼前展開，我再一次落入狼人殺的世界。

第五章　Two of Swords 寶劍二

和白天熱鬧的遊戲不同，不曉得和實際入夜是不是有關係，開啟語音的玩家音量自動降低許多，就連早上特別聒噪的《拾穗》這局都改用打字的方式發言。

當過於寧靜的「平安夜」降臨時，反而比一大清早發現了死者還令人毛骨悚然。

這次的我只是個普通的村民，只能豎起耳朵、瞪大眼睛，聽著、看著玩家們輪流闡述自己的發現與想法。

大多數的玩家都是之前見過的：1號多納泰羅、4號《垂死獅子像》、6號《拾穗》的農婦、7號水彩野獸《電氣精靈》、8號《鞦韆》少女、9號《繪畫的藝術》，頂著假髮的曉實是10號，我則又是2號。

只有兩名玩家是第一次遇到的，分別為3號與5號，3號是幅歐普藝術畫作，以山吹色（註9）、玉子色、白色等折線排列，製造出宛如發光般璀璨又溫暖的視覺效果。5

註9：山吹色（やまぶきいろ），日本傳統色，源於山吹花，似黃金般的亮黃。

號則是音樂課本上常看到的《巴哈的肖像畫》。

我突然有種想法——是不是美術史相關的頭像已經分配完了，新註冊的帳號開始改使用音樂家的頭像？

「大家好，我是10號預言家！之前遇到6號《拾穗》的時候，她不管是好人壞人發言態度都非常誇張，所以我就先驗她了……結果她是一位好人，希望6號姊姊等一下不要又假跳預言家了唷。過。」

曉實難掩興奮地說著，如果我是預言家，應該也會跟她做出相同的決定，感覺曉實就是這場真正的預言家。

「9號認10號是真的，第一晚平安夜，目前沒有其他資訊，也沒什麼好說的，後面若有人跳預言家我或許沒那麼容易相信。」

沒有臉的黑帽畫家冷聲說道，彷彿為這場遊戲定下靜謐的基調，發言順序一路逆時針走過五人，每位玩家都選擇相信曉實，唯獨4號獅子聲稱自己半信半疑，但只要之後沒有人再說自己是預言家，他就會站在曉實這一邊。

如此祥和的氣氛卻在輪到3號時，被他的文字射穿。

目前仍無第二位預言家，故3號暫信10號為真。但不解9號為何能斷言後面再出現的預言家不可信？9號這番話是否另有打算？4號半信半疑的看法與我雷同，目前我對

3號、5號也暫持保留，不全好、不全壞。PASS。

育熙的廣播點到了我，我開啟麥克風，壓低音量悄悄地說：

「2號發言，我是張身分非常好的牌……我覺得每一位的發言都像好人，我後面也只剩1號一位玩家，應該滿大機率就只有10號是預言家了。3號與4號雖然說自己不完全相信10號，3號也說出9號發言裡比較奇怪的地方，不過3號和4號的言論我感覺都滿有正義感的……我等等會聽聽看1號的說法。」

關掉麥克風的同時，腦中忽然有個疑問——

假如場上所有人都說了實話，那遊戲是不是就能迅速結束？那麼狼人呢？狼人扮演好人扮演得過於真實，是不是就沒辦法推進遊戲了？

「2號的發言還不錯，這一輪資訊不太多，大家發言都偏好人陣營，我只能依據平時對幾位常遇到的玩家玩法著重關切。」

多納泰羅有些雜訊的語音與俊秀的《大衛》銅像結合後，有種雌雄難辨的中性美感，他或者是她平緩的分析就跟擔任主持人時一模一樣沒半點情緒。

「過去經驗裡，4號獅子、7號水彩野獸、9號黑帽畫家是頗擅長計謀策劃的玩法，6號農婦為誇飾演技派的，雖然本場收斂許多，再加上新面孔、相當認真的3號，3號的細微觀察應該能稍微當作參考，3號提到的9號剛好也與我的狼坑相符，我認為此輪可以先出9號。」

第一輪除了黑帽畫家和《鞦韆》女子投給獅子，3號和我棄票外，其他六位玩家都依照多納泰羅的歸納投給了9號《繪畫的藝術》，她沉默了好幾秒，才說出遺言：

「歸票在我這個平民身上真奇怪，狼人故意衝票吧？撇除2、3，其他多留意吧。」

冷淡的聲線柔聲說完，9號竟然直接退出了遊戲。

第二天天一亮，身著粉紅色華美洋服的女子從鞦韆上摔落，頭破血流，姣好面容有著血肉模糊的爪印，8號成為狼人爪下第一名犧牲者。

而這次隨機順時針發言，第一個輪到的又是身為預言家的曉實。

「10號……發言……」

她不像前一輪那樣充滿信心，稚嫩的嗓音有些顫抖。

「對不起……我剛剛查驗了8號……她是好人……她居然就死了……」

接著，多納泰羅再次重申自己會特別關注獅子、水彩野獸與農婦，也會多多留意上一輪棄票的3號和我。輪我時，我說明了自己棄票的理由，以及懷疑9號可能是好人遭到放逐。

預言家活過第二晚，狼人陣營是否計畫屠民取勝？唯二淘汰的9號與8號，共同之處是投給4號，4號是否該解釋一下身分？我3號是女巫，若這輪投不出真正的狼，等

等會開毒，賜死我認為的狼。

3號又拋出震撼彈，那瞬間虛擬的洋房裡彷彿所有人都倒抽了口氣。

狼人陣營殺光所有的神職人員為「屠神」，殺光所有的平民為「屠民」，只要完成其中一邊的屠殺就能獲勝，一般十人局的遊戲公平性較不平衡，通常好人只有三個神職，所以也存在只要淘汰三位平民，狼人就算「屠民」成功的規則，不過育熙開的這場是要淘汰四位平民才算勝利。

難道狼人透過第一輪發言就能看出好人陣營裡所有的平民嗎？刻意放預言家一馬，究竟是在算計什麼？狼人真的能那麼精準判斷出神職與平民的差別嗎？而這會是3號現在就表明自己是女巫的原因嗎？

我以為只要大家都誠實以待，好人必定能輕鬆獲勝，但是如果狼人決定屠民，那麼一直說真話的好人反而成為狼人的助力……

3號發言好像狼，結果說自己是女巫？我是很想和你對跳女巫，可惜我就沒什麼用，我不覺得我第一次發言有問題，平民玩家本來就沒有線索啊，不輕易相信人也很正常啊！3號跟2號上一輪棄票也很可疑吧？1號隨便用別場的經驗套用到這一場也很可疑吧？怎麼樣都不該懷疑到我身上！

獅子的文字訊息裡充滿了怒氣，而第一次玩的5號巴哈說自己已經暈頭轉向了，會看最後發言的人怎麼下結論再跟著投。6號《拾穗》反常地溫和打字，表明自己目前懷疑1、2、3、4號。

「這裡是7號，我其實滿同意1號的看法唷。信使號玩家都是休閒為主，畢竟大家本業都還是學生跟考生嘛！所以玩遊戲時很有自己風格、很有性格都很正常呀！反倒是刻意做些不一樣的事……會顯得特別可疑呢？」

《電氣精靈》溫軟悅耳的聲音跟環繞著她的美麗藍霧一樣輕柔飄揚。

「《拾穗》姊，之前遇到妳幾次，妳真的很會把好人玩成壞人，當狼人時又超級正經的，這一輪我們大家就投給妳，好嗎？」

甜甜的嗓音做出可怕的結論，《拾穗》無懸念地獲得多數同意，遭到放逐。

我是不能邊讀書邊冷靜地玩嗎？大家後天不用期末考嗎？我正在背《張釋之執法》啦！「吾馬賴柔和，令他馬，固不敗傷我乎？」7號突然反咬我，她鐵狼啦！扯遊戲風格？全場就妳一個野獸派的，整個信使號誰不知道野獸派有多狼？等輪吧，好人！

第三天太陽升起，光線照在倒地的遺體上，灰白的假髮飛了出去，瘦小的預言家與蹙眉的雄獅渾身浴血，分不清真正的死因。

隨機發言的指針停在巴哈的身上，他的麥克風一陣雜音之後，居然離開了遊戲。

「這下就算5號是狼也沒辦法聽他的證詞了……哎，我是真的看不出誰是狼。」

《電氣精靈》陷入了苦惱，她嘆了口氣，雖然《電氣精靈》被歸為野獸派，但她總是很溫柔地說著自己的觀點，絲毫不像殺人不眨眼的「野獸」。

「這局勝利很可能走遠了，狼人到底要怎麼玩才露不出馬腳又能不停殺人呢？獅子應該是3號女巫毒的？如果獅子是狼，確定以好人身分被殺的有預言家跟鞦韆……黑帽畫家跟農婦如果是村民……那場上還有……兩狼嗎？而我是最後一個村民……」

最後一個村民？

《電氣精靈》不著痕跡的謊言敲響了我的警鐘。

我知道她在說謊。

她怎麼這麼輕易斷言自己是最後的村民？除非她掌握了所有好人的位置，夜裡能看見所有的真相，才會知道場上只剩一位平民。她必須是狼人，才能如此肯定地下判斷。

本來認為她一點都「不野獸」的念頭煙消雲散。

「在這種好人極為劣勢的場合，能夠毫無畏懼、如此自然而然說出自己是最後的村民——7號，不愧是野獸派的一員，可惜女巫只有一位，毒藥也只有一瓶，不然真該毒死妳。」

多納泰羅語氣平淡地說著恐嚇的話語，我滿懷期待《大衛》能昂首闊步，表明自己的特殊身分，給予狼人制裁的一劍，沒想到他接下來的發言超出我預料。

「水彩野獸啊，我1號才是真正的最後一位平民，反正好人都輸了，就看騎士能不能像白天那場一樣行使最後的正義，替無辜好人們出一口氣。」

白天那場？最後的正義？多納泰羅該不會認為我這場也是騎士吧？

如果騎士還存活的話，確實沒有理由不提出決鬥的，但是，我不是。

我知道自己才是真正的村民，3號是已經用掉解藥的女巫，白狼王還沒現身使用技能，被毒死的獅子會是白狼王嗎？還是牠仍躲藏在場上？如果騎士還在，好人有獲勝的機會嗎？中途離場的新手巴哈不會就是那位騎士吧？聲稱自己是平民的多納泰羅與《電氣精靈》真實身分都是狼人嗎？

我困惑地看著螢幕上殘缺的文字，育熙主持時的廣播訊息與其他打字玩家的激動發言混合在一起，那些我本來認定為真實的言論，難道就跟《電氣精靈》溫柔的口吻一樣都只是謊言嗎？

「對不起，讓大家失望了……我……這場不是騎士。」

下一晚，我大概會死去吧。

無法決鬥的我明顯是一介平民，狼人陣營將以屠殺所有百姓的姿態贏下遊戲。

「3號是真女巫，整場推測滿正確的，3號決定投誰，我就投誰……對不起……」

3號的文字訊息與育熙的廣播同時出現，一反之前的長篇大論，這次只給了四個字。

歸票7號。

3號也放棄了吧？不管投給《電氣精靈》還是投給多納泰羅，結局都是相同的。

《電氣精靈》雖然欺騙了我們，但她倒是說對了一點——勝利已經遠離了好人。

就如同上午好人陣營被野獸派包圍的那局之後，萁蘙斷言我會成為下一個被殺害的帳號一樣，罕見的第四夜滿月升起，狼人將張牙舞爪地把我碎屍萬段，這幢美輪美奐的美術館既是我們的墓地，也將成為狼人的屬地。

「7號玩家遭到淘汰，遊戲結束——」

育熙宣告道，聊天室同步出現主持人的文字公告。

「恭喜3號《太陽之光》獲得勝利。」

育熙公布了我無法理解的結果，開放所有玩家賽後討論的聊天室，反常地一片寂靜。

「謝謝不小心參加了這場遊戲的各位，請恕我設計了這場特殊局，也謝謝主持人《憂鬱的讚歌》義不容辭地協助。與會的各位如果無暇聽我長篇大論，可自由離開，唯獨遊戲最後仍存活在場上的人士，希望你留下。」

一個不該出現在這場遊戲的清冷嗓音響起，那瞬間，橘黃白漸層的線段似乎與傍晚的陽光重疊了。

「我之前的帳號是《Vega》，場數不多，但運氣不好，場場村民。為了不讓這裡的常客認出我，便註冊了第二個帳號，在這局也刻意只使用文字訊息。」

萁蘼的聲音清晰得彷彿就在我面前，此刻的魔女不是戴著黑白格紋尖帽，而是披著晚霞織成的斗篷。

「各位也許在補習班耳聞過，或是觀察力敏銳自行發現到——近一個月來，信使號上熱衷狼人殺的玩家數量日益減少，不過一天頂多少一位而已。有的玩家不太介意人數變少，對一些人來說，遊戲總是遇到的熟面孔玩起來更盡興，但也有不少玩家為此失落，尤其是只有一個帳號，還失去了這唯一帳號的小小玩家們。」

聊天室除了巴哈與黑帽畫家以外，剩下九人仍在線，沒人敢打斷萁蘼的演說。

「為什麼帳號會消失呢？求助無門的受害玩家猜測『信使號存在謀殺帳號的兇手』，於是委託我調查。只是補習班、網路論壇、狼人殺等並非我熟悉的場域，就算投身其中，也不易在短時間內觀察到不尋常之處，感謝受害玩家幫忙收集的遊戲紀錄，我才能從中得知——帳號遭殺害的前一晚，都玩過至少一場狼人殺。」

縱使隔著網路，魔女的幻影卻在我眼前來回踱步，平緩道出腦中思緒。

「根據資料整理出幾位嫌疑較大的帳號，他們都是信使號狼人殺的重度玩家，每天必定參與一場以上的遊戲，嫌疑者的遊戲風格都不相同，加上系統分配的頭像與不開放自定暱稱的設計……使得我無從推測使用者的習慣與偏好，看不出任何與現實身分有關的蛛絲馬跡。」

萁蘁頓了一下，像在調整手機的角度，聲音感覺更近了。

「於是，我決定換個方式思考，不再專注於『信使號狼人是誰』，而是考慮——這名狼人，究竟是為了什麼堅持一個晚上『殺害』一個帳號？」

「欸……打個岔，妳說這些有的沒的跟這場遊戲有關係嗎？」

《鞦韆》女子好奇地問道。《垂死獅子像》不以為然地插嘴：

「我現在只想搞清楚這個特殊局到底長怎樣？誰會想輸得不明不白啊？憑什麼妳一人獨贏？」

「對啊，我的帳號活得好好的，別人的帳號沒了關我屁事啊？」

《拾穗》終於開了麥克風，悻悻然地反問。

「當然有關。為了知道『信使號狼人』的動機，我做了一個假設，就是以這個假設為前提，才能設計出這場特殊局——」

萁蘁冷笑了聲，不慌不忙地說：

「一場沒有狼人陣營的狼人殺遊戲。」

「沒有狼人？」

我忍不住驚呼，也不知道麥克風有沒有打開，就算有，大概也和聊天室此起彼落的驚呼與抗議混淆在一起了。

「耍人嗎？沒有狼人算什麼狼人殺啊？」

「我們到底要怎樣才能贏？」

「什麼意思啦！」

「意思是，十位玩家中，只有一名神職預言家，其他八位都是沒有特殊能力的平民。」

育熙以主持人的口吻補充道。

「所以……只有魔女姊姊跟育……主持人姊姊知道真正的規則？」

曉實像在努力消化整個局勢，她低聲喃喃著：

「那……魔女姊姊的角色是？」

「知道真相的《太陽之光》，既是女巫，也是狼人、騎士與平民的第三方。」

萁蘿和緩說道，線上玩家們更激動了。

「一個人同時是那麼多個角色算哪門了的平民啊？」

低沉的吼聲穿過其他嘈雜的抗議，《垂死獅子像》憤憤不平地吐嘈。

「太不公平了！這要好人怎麼贏？」

「妳想利用我們抓出那個兇手？還是……懷疑兇手就在我們之中？」

《電氣精靈》嗓音雖柔和，也挾帶一絲不悅。

「這是場『驗證我的假設為真』的特殊局。之前我參與遊戲時，早已留意帶有嫌疑的帳號，透過觀察這些玩家的遊玩習慣、發言風格、遊戲態度，做出這個與行兇動機攸關的假設。」

我聽得入神，萁薐態度堅定地繼續說著：

「信使號是補教業者開設的學習網，學員玩起狼人殺是不在業者預期中的自發性行為，而學員過於熱衷遊戲，更與其目標客群的需求背道而馳。因此，最直接想到的『行兇動機』，即是『避免學員沉迷於狼人殺』。」

「如果動機是為了讓大家認真學習……」

聽萁薐這麼說，我突然想起白天在咖啡廳裡的討論，小心翼翼地開口：

「兇手可以一次處理掉更多帳號，或是採取其他更有效率的做法。」

「是的，《藍色的馬，一號》，兇手一次只針對一個帳號的行為，足以推測他在進行某種篩選，篩選的條件只有兇手知道，至於篩選方式很有可能就是透過狼人殺。」

「用狼人殺來篩選要殺的帳號……是看勝敗場嗎？」《電氣精靈》思索道。

「我知道啦！一定是玩得特別好的就殺掉，這樣下次贏的機會就更高啦！嘻嘻。」

「難怪妳的帳號還活得好好的。」

「果然是……玩得太差勁才會被殺掉吧……」曉實怯生生地說。

「泰雷曼（註10），這款遊戲技巧的高低要如何判斷呢？」

萁藹用一個我沒聽過的名字稱呼曉實，她也知道曉實新頭像裡的人物身分了？

「信使號上公認的高手玩家又是以哪些特質評斷的呢？是否會有某場表現特別好卻老是輸掉遊戲的玩家呢？新加入的菜鳥玩家連敗了好幾場，是因為他玩得太差？還是需要老手教學呢？」

「這個嘛……好像……」

「失去帳號的使用者都是很會玩的玩家嗎？還是玩得很不好的玩家呢？」

「好像……很難說清楚……」

「對兇手而言，玩家能力並沒有那麼重要。更準確來說，兇手擁有另一種更容易判斷目標符不符合其條件的準則。」

「什、什麼準則？」

「良善的品性。」

我瞪大了眼睛，不知道誰噗哧一聲笑了出來，但更多是如獅子那般激動的抱怨。

「太誇張了啦！講什麼良善？那不是更主觀嗎？」

「大家不就是打發時間玩樂而已！還要注意儀容，保持溫良恭儉讓啊？」

「狼人殺裡呈現的良善，遠比玩家能力還要容易分辨呢。」

眾人的埋怨影響不了萁藹，斗篷下的魔女隱隱訕笑。

「各位屬於好人陣營時會怎麼進行遊戲呢？我們剛結束一場全員都是平民的特殊局，不妨回想一下不久前的情況——沒有視野的夜裡，沒有線索的平民，大家的遊戲思維是怎麼運行的呢？」

「老實地說自己什麼都不知道？」

「應該是努力聽發言，想辦法找出狼人吧？」

「各位若是有特殊能力的神職角色呢？」

「呃……說服大家相信自己是神職？」

「只有預言家才會那樣做吧？太早表明身分會被屠神耶！」

「神職最重要的是善用能力、不要當廢物！女巫就該救人或毒人，守衛要保護人，

註10：格奧爾格・菲利普・泰雷曼（Georg Philipp Telemann），巴洛克時期德國作曲家，代表作之一是貴族用餐時的背景音樂《餐桌音樂》。

騎士該勇敢跳出來決鬥，獵人要想辦法看清楚誰是狼，至於白癡神嘛——」

話題回到狼人殺上，大夥兒又你一言我一語地熱衷討論，顯然大部分的玩家並不在乎信使號存在著殺害帳號的兇嫌，他們只在乎狼人殺、只在乎遊戲、只在乎輸贏。

就算他們的帳號死去了，這些重度玩家也找得到其他能夠容身的狼人殺遊樂場吧。

「不管是平民還是神職，好人都會誠實而賣力地抓出狼人，這個具有一致目標的行動，即是兇手眼裡的『良善』。」

「可是……狼人陣營也能假裝好人，故意表現得很善良……」

「——就是『故意表現得很善良』這點，使得狼人與好人有著根本上的不同，因此，我假設玩家的『良善』就是兇手的篩選標準。」

「啊！我懂妳的意思了！」

許久沒出聲的育熙亢奮地喊道：

「狼人表現得再怎麼宅心仁厚、多麼正義凜然，終究是在演戲說謊！狼人本來就不是好人陣營的！所以……兇手只要從頭到尾參與遊戲，將過程中大家的說詞與公布的身分做對照就能做篩選！」

「噯，等等，那些被殺的帳號在最後一場遊戲裡都是玩好人陣營嗎？」

《電氣精靈》輕飄飄地提出疑問，萁蘼不慌不忙地說：

「絕大多數是好人，也有少數是狼人。我沒有親眼見證已成過去的遊戲，但是不難想像——為了保護同陣營狼人而身先士卒的狼王，或是刻意吸引炮火來隱藏真正狼王的小狼人——種種掩護夥伴而自我犧牲的舉動，不管是好人還狼人陣營都是有可能上演的。」

「就算他真的是用『良善』來選擇目標好了，又為什麼要這樣做？」

一直沉默的多納泰羅終於開口，中性嗓音含糊地問道：

「這跟妳前面講的『行兇動機』有任何關係嗎？」

「——跟浪費我們時間玩這場不公平的特殊局遊戲有關係嗎？」

《垂死獅子像》奮力怒吼，我來不及摘掉耳機，耳朵遭受到爆擊。

「有的。」

萁蘼清麗的嗓音裡蘊含了淡淡的欣喜，她歌頌似地感嘆道：

「兇手希望所有良善的學員，都能遠離信使號狼人殺。」

我皺起眉頭，無法理解地緊盯著手機畫面，一時間聊天室沒有人發出聲音，不知道是被萁蘼的說詞嚇到了，還是跟我一樣還沒消化這突如其來的結論。

「兇手的目標，不見得是信使號上最會玩狼人殺的人，也不見得是口語表達能力最佳、反應最快、最聰明的玩家，但在他眼裡，他們全都是心地無比善良的好孩子。」

魔女仍在唱誦，為殺人兇手畫上使人混亂的註解。
「什麼意思啦？聽不懂啦！」
「萁……《太陽之光》，妳是說，兇手挑選了他主觀認定的乖寶寶帳號，然後，殺掉？」
「我們……被兇手認為是……好孩子嗎？」
曉實的音量更小了，顫抖的頻率更高了，愈接近真相，她彷彿變得更加嬌小無助。
「就因為這種理由……失去帳號？」
「**只要在綜合交流版玩狼人殺表現優秀，就能在入學資格考獲得隱藏加分。**」
萁藶唱歌般地哼道。
「各位聽過這則傳聞吧？」
「聽是有聽過啦，這個好久以前就在傳了，白癡都知道是謠言。」
「嗯，還是超——扯——的那種謠言。」
「哈哈，最好狼人殺跟入學資格會有關係啦！那幾個野獸派的不就都是露高資優生了？喂，水彩野獸，妳敢不敢報出自己的學校、姓名、學號？來驗證看看啊！」
《電氣精靈》沒有回應，聊天室名單顯示她關掉了麥克風。
「各位會嘲笑這個謠言，想必已經是露草高中或國中的學生了吧？」

魔女收起輕快的說話節奏，恢復成我所熟悉的淡然態度。

「然而這則謠言，對這所學校充滿憧憬、背負家人期望的小學生與中學生來說，有多大的吸引力呢？早已穿上露草色制服的你們，是不是忘記當時的心情了？」

「看來兇手就是要叫帳號被殺的人都去用功讀書，乖乖當野獸派的學弟妹囉？」

「正好相反。」

萁�嘆了口氣。

「兇手希望失去帳號的學員，對升學感到迷惘，甚至降低準備資格考的意願。」

曉實聊天室ＩＤ的麥克風發言圖示閃過開啟的訊號，但她沒出任何聲音，又關上麥克風。

萁蘼愈說愈令我困惑了。這名兇手潛入狼人殺遊戲，用他主觀的「良善」標準做篩選，挑出他認定的乖孩子帳號，再一一殺掉？而這個舉動是為了讓她們……放棄成為露草高中學生的夢想？

心臟微微顫動，頭皮一陣發涼，我屏住呼吸，匆匆拉起棉被罩住後腦杓，遮蔽著那些我看不見的、不知道從何而來的窺視，將自己沉入黑暗中。

只有手機發出光源與聲響，我向著螢幕，就像對著柴火取暖一樣。

「所以呢？」

多納泰羅顯露出難得的不耐煩。

「妳說了半天，和這局到底有什麼關係？」

「基於『良善』這個準則，我準備了這場沒有狼人的狼人殺。」

手機散發的光線裡，魔女嗓音化為幻象，像在舉辦虛幻的儀式。

「這局的重點不在於輸贏，也不在推敲出彼此的真正身分，我只想藉由這場特殊局向兇手證明——狼人殺只是個遊戲。遊戲只是遊戲，無論大家表現如何、展現出多少正義、說出了多少謊言，那都與一個人的本質是善是惡，是好人還是壞蛋……毫無關係。」

披著霞光的萁蘙正義凜然地宣告，但是我的身體卻顫抖得更嚴重了，是夜裡氣溫突然下降太多了嗎？還是我的棉被不夠暖呢？

「看看剛才的遊戲，就算沒有狼人陣營，遊戲進行時不也是會懷疑彼此的身分？但不也依然有人堅定立場、全程誠實以告嗎？而參與的玩家裡，卻沒有半個人懷疑——這局壓根就沒有狼人陣營，也沒有人覺得這局遊戲不太對勁，就連兇手都沒發現一切是我設下的詭計。」

萁蘙又笑了，輕盈的笑聲如蝶舞般掃過我的耳朵。

「將你們玩弄於股掌間的我，也是基於自以為是的可笑正義感而為之呢……今夜睜開眼的你，會殺掉自以為是的《太陽之光》嗎？」

《太陽之光》的金黃色折線逐漸變成夕日時分多彩但晦暗的面貌，儀式中的魔女質問著看不見真身的兇手。

「對您來說，我是善良的，還是邪惡的呢？多納泰羅？」

像是有道聚光燈驀地打在銅像年輕優雅的面容上，他是剛打敗巨人歌利亞的牧羊少年，未來的以色列國王。

「啊？」

「多納泰羅……就是兇手？」

「等一下！太快了！我還沒跟上——」

「這、這是怎麼看出來的？」

「兩個層面，首先是從執行面推測，兇手擁有刪除會員帳號的能力或權限，而且受害者申訴皆無效，撇除駭客，最有可能的就是網站管理員、討論區版主……」

「但是管理員跟版主在頭像旁邊都有標註耶，多納泰羅怎麼看都跟我們的帳號一樣是普通會員呀？」

育熙好奇地問道，時近凌晨，她的聲音仍像大清早時那般朝氣十足。

「妳太可愛了吧？誰會開網管帳號玩狼人殺啊？十年前的小學生都知道要開小號了呢。」

《拾穗》輕蔑地大笑，萁蘼拉高音量壓過她的笑聲。

「另一個層面，也是最主要的線索是——信使號系統分配的使用者頭像。」

「那個……不是隨機的嗎？」

「乍看是如此，但若將每個帳號識別碼（User Identifier）與圖片搭配對照的話，就能發現之間還是存在著關聯性。」

抽象畫、寫實靜物、風景畫、肖像畫……這幾天我遇過的頭像圖在腦海裡一一展開。

「頭像並非系統隨機，而是內建圖庫照畫作作者所屬的年代排序，按使用者ＩＤ號碼前後依序分配。近期註冊了兩個帳號的我，頭像都屬於歐普藝術家作品，而跟我同時期，但識別號碼在我之前註冊的友人，得到的圖片則是更早期的藝術家畫作。」

各式各樣的畫作在空中洗牌，掉換了位置，歐普藝術、表現主義、超現實主義、新古典主義、野獸派、印象派……像一部鮮活的西方藝術史畫冊。

「將嫌疑較高的使用者ＩＤ與頭像畫家按年代排列後，能大致得出各位加入信使號的時間點，比如活躍於二十世紀的保羅·沃爾德、法蘭茲·馬克、蒙德里安、康定斯基、野獸派三人組，介於十九世紀末與二十世紀初的保羅·克利、十九世紀的米勒、十八世紀的《垂死獅子像》與弗拉戈納爾的《鞦韆》、十七世紀維梅爾《繪畫的藝術》……年代間隔愈遠，愈明顯是不同時期加入的會員。」

「此外，也許是圖庫用盡了吧？後來新註冊的帳號頭像不再是更新的現代藝術作品，反而回歸十七、十八世紀，改以古典音樂家的肖像作為頭像，像是本場的泰雷曼和巴哈。我認為這群狼人殺常客帳號中，頭像作者年代愈久遠的，愈該多費心留意。」

「多、多納泰羅是……」

「活躍於十五世紀……文藝復興初期的重要藝術家。」

我小聲地接續了曉實的喃喃細語。

網站管理員如果在創站時就辦了分身帳號的話，那其所屬的頭像就會是相對古老的藝術品……

「也是嫌疑者中最早註冊的帳號。」

魔女的口氣裡帶著些許笑意。

「『多納泰羅』是學習網剛開張時就註冊的會員嗎？還是第一屆『露高中學部保證班』的學員呢？又或者是……管理員為了測試網站而另外開設的普通帳號呢？」

《大衛》頭像與狼人殺裡的「多納泰羅」給我一種說不出來的不協調感，遊戲裡的他總漠然得宛如機器人，不曾欣喜大笑，也不會動怒氣憤，發言內容卻又相當認真，唯獨萁蘚這場演說令他透露出不耐，我本來還以為他是個很不情緒化，跟我們差不多年紀的冷靜高中生……

「喂，多納泰羅，你真的是管理員分身喔？」

獅子挑釁地問道，《拾穗》和《鞦韆》已經笑到人仰馬翻。

「管理員也喜歡玩狼人殺啊？乾脆綜合版就正式改名叫狼人殺版吧！」《鞦韆》女子開心歡呼。

「多納泰羅，你濫用權限砍學生帳號會不會失業啊？你會寫網站嗎？要不要另外開個狼人殺網站，我們都會支持你喔！不過不可以再亂刪人家帳號囉！」

《拾穗》農婦一邊嘲諷，一邊不停在聊天室發送愛心表情符號。

「無法理解。」

牧羊少年似笑非笑的神情雕刻得栩栩如生，但銅像終究是冰冷的。

「我為何會被你們認為是兇手？還說我是管理員的分身？狼人殺不過是我打發無聊時間的娛樂，是我放鬆自己的一種方式而已。我一直用理性的態度參與每一場狼人殺，從未在遊戲裡失控過，我認為失去理智會讓一切變得更不單純，更別提什麼篩選目標、殺害帳號了，誰會對虛擬的遊戲那麼認真？」

「既然如此，我心懷不軌設計出的特殊局，應該能夠使您看清──狼人殺根本無法用來判斷學生的善惡。」

「同學，妳在玩偵探遊戲嗎？我知道妳接受了別人請求，有尋找兇手的壓力，但是妳說了那麼多全部是妳自己的想像，還試圖引導大家誤會我……我不是會輕易動怒的人，這點大家應該都有察覺出來，然而我並非毫無情感，只是懂得將情緒放在適當的地方。」

多納泰羅單調的語氣中帶著淡淡的嘲諷，卻對萁蘙所有的推測避而不談，只是不斷描繪自己究竟是個什麼樣的人。

「這個世界已經夠混亂了，我並不想在網路上製造更多的騷動。至於其他人的指指點點，我一點都不在乎，我只是個追求平靜的人，無須為這些事情辯解，因為妳的妄想並不是我真正的面貌。」

他毫無重點的說詞連辯解都不像，但仍能隱約感覺到一股微妙的自信。

「這裡是虛擬的世界，我現在就可以關掉網站直接離開，妳又能怎麼辦？把兇手的帽子扣到維梅爾頭上？還是弗拉戈納爾？」

「……那維梅爾就戴了兩頂帽子了。」

萁蘙猝然說道，我急忙捂著嘴巴防止笑出聲。

冷風陣陣的場面是有點尷尬，倒也讓緊張的氣氛緩和不少，更成功使誇誇其談的多納泰羅閉上了嘴，雖然我不知道萁蘙是為了達成這樣的效果才說了冷笑話，還是純粹下意識接話而已。

萁蘼清了清喉嚨，神色自若地接著說了下去。

「嗯，我不知道卓群學堂針對露高的補習課程是哪年開始的，也不曉得信使號是什麼時候開張的，不過只要花點時間，仔細對照網站上所有的歷史紀錄與使用者ＩＤ，整理出一份『會員註冊年表』不是什麼難事呢。」

她像褪去了魔女的外衣，變回我曾經看過幾次的平凡女孩樣貌，若無其事地說著。

「也許，可以直接去一趟卓群學堂？和裡面的職員聊聊看——擁有權限的網站管理者，刻意刪除學員的帳號——這樣的幻想故事如何呢？對補教機構來說，學員和家長終究是他們主要的服務對象，說白點，就是繳交了學費的消費者，這些學生卻因為玩了遊戲而永久失去使用學習網的權利……補習班應該會很困擾吧？」

「同學，妳是不是沒聽懂我說的話？我不是兇手，也不是什麼網站管理員。」

「您說的話我全都聽進去了呢。」

萁蘼輕輕地笑了。

「我接受委託並不是想玩偵探遊戲，而是想解決大家的煩惱。反正要放寒假了，我的時間很多，也許可以直接去一趟補習班，和那邊的老師聊聊信使號上有趣的事。」

「妳……」

多納泰羅似乎想反駁，卻又止住了聲音。

「網路上發生的事、遇到的人，都不能真正反映到現實中，對吧？信使號不開放自定頭像和暱稱，也是想讓學員們將現實與虛擬分得清清楚楚吧？您可以繼續在這裡追求平靜，而我也可以在現實世界驗證自己的想像。現實中刪除大家帳號的真兇被揭發了、失業了，那也與虛擬世界的『多納泰羅』沒有半點關係的。」

萁藺順著多納泰羅不久前的辯白，輕描淡寫地說著自己的計畫。

如果多納泰羅是真正的兇手，那在他聽來，萁藺就像在威脅自己吧？但相對的，他如果是無辜的，那完全不需要理會現實的萁藺要怎麼繼續調查真相。

手機右上角顯示快要一點了，《垂死獅子像》與《鞦韆》不發一語地離開了聊天室，《拾穗》在不小心打了個大哈欠後關閉了麥克風。

聊天室寂靜的時刻比夜裡狼人陣營決定不了要殺害誰還要漫長，然而，最後打破沉默的人卻是──

「我……是梅鶯國小的學生，現在也在保證班補習，我……很喜歡玩狼人殺！也很想考上露高中學部……不是爸爸媽媽要我考的，是我自己想讀的。」

稚嫩的女孩聲音娓娓說著，如同天亮睜眼時，第一個發言的玩家。

「因為狼人殺我交到很多好朋友！補習班的下課時間，我們都會聚在一起研究玩法。魔女姊姊說的那個加分傳聞，我一直當作是在許願……只要我愈會玩，就愈有機會通過資格考……」

曉實不再是戴著假髮的音樂家泰雷曼，也不是橘子般圓滾滾的《老人》畫像。

「後來我們的帳號一個個消失了，大家很生氣、很難過，我才想到來拜託魔女姊姊幫忙，想知道是誰做了這麼過分的事，好像擅自宣布我們落榜了一樣……不過，現在我知道了。」

我屏息聽著，耳機裡的聲音不再顫抖了。

「我們喜歡狼人殺、會在意失去帳號……都是因為那是我們大家的回憶，我們真正喜歡的是朋友聚在一起的感覺，我想實現的願望不是順利通過考試，而是和朋友們進到同樣的學校，穿上一樣的制服，手牽手一起上學。」

穿著水手服的曉實，素未謀面、總喋喋不休的愛芮，只聞其名、促使她踏上委託之路的倪珂，三名小女孩在雲端上手拉著手，開懷地笑著。

即便兇手的動機是想避免學員沉溺於遊戲，又或是迫使他所認定的好孩子遠離狼人殺，這都無法改變她們的夢想，反而讓她們心裡小小的願望轉變成更堅定的信念。

「……那才不是什麼值得去的地方。」

細小的氣音疲弱地嘆息，我還來不及確認名單上的發言圖示，極力保持冷靜的多納泰羅再次開口了。

「愛玩偵探遊戲的同學。」

「我不喜歡這個稱呼。」

萁藣埋怨道，多納泰羅沒有理會，自顧自地問：

「妳……是露草的學生？」

「倘若您願意關掉變聲器，用自己真正的聲音和我對話，我就禮尚往來，向大家正式介紹我自己。」

「妳不會是因為變聲器才懷疑我吧？」

「誰知道呢。」

「妳……很聰明嗎？」

「我如果夠聰明，就會直接上床睡覺。」

「妳可以回答我一個問題嗎？」

多納泰羅完全不給萁藣拒絕的機會，迅速吐出他的疑問。

「請妳告訴我——是誰殺了多納泰羅？」

「啊？」

除了萁藣之外，仍在聊天室內的所有人都不約而同發出困惑的驚嘆。

「是誰殺了多納泰羅？」

分不出性別的單調嗓音再次問道。

「是誰殺了多納泰羅？」

多納泰羅像壞掉的唱盤，不斷重複著一樣的問句。

「是誰殺了多納泰羅？」

是誰殺了多納泰羅？

是誰殺了多納泰羅？

是誰殺了多納泰羅？

是誰殺了多納泰羅？

就連聊天室訊息欄也遭到同樣的問題洗版，速度快到像是遭受病毒程式攻擊似的。

「是誰殺了多納泰羅？」

《拾穗》與《電氣精靈》果斷離開了聊天室，詭異的美術館裡只剩下萁蘼、育熙、曉實和我四名玩家，以及那不知道出了什麼狀況的「多納泰羅」。

「是誰殺了多納泰羅？」

耳邊控訴似的提問愈來愈大聲，音量變化的弧線不像是一般人類聲音辦得到的，擔心耳朵又受到爆音攻擊的我慌張地拔下耳機，此時手機螢幕突然跳出育熙來電，我正準備逃離信使號，好接起她的電話時……

「——到底是誰殺了多納泰羅？妳回答我啊！」

即便兩只無線耳機落在床上，我仍能聽見「多納泰羅」用盡全身氣力似地放聲咆哮。

宛如月圓之夜，一匹狼人昂首對著皎潔滿月，控訴變身痛楚的無盡哀鳴。

CASE 06

露草色薔薇密碼

第六章　前奏曲

我的期末考顯然考砸了。

育熙也是。

不過我不像她，一放寒暑假就必須制訂「成績單攔截計畫」。

育熙家是五加一層樓高，有著復古紅色塑膠扶手和磨石子樓梯的老式公寓。會多一層是因為老城區的五樓住戶在三四十年前就都流行自動加蓋六樓，最常見的是綠色鐵皮，也有的弄成富有異國情調的鐵皮屋出租，也有改成小型宮廟的，香火鼎盛。

育熙家樓上則被鄰居改成富麗堂皇的空中花園，還曾經養過孔雀。

每當我很羨慕育熙有這樣充滿創意的鄰居時，她就會敲我的頭，嫌惡地說：

「那叫作惡鄰居的違建！你知道星期天睡醒眼睛一睜開，發現房間窗戶外站著一隻巨大孔雀有多——可怕嗎？牠比公雞大多了！大便也是！」

「那妳有看過孔雀開屏嗎？」

我興奮難耐地問。

「尹心譽！你真的很無聊欸！」

我也很喜歡老區家家戶戶裝設的鐵窗，我曉得那是以前沒有保全系統，為了防止小偷強盜爬陽台爬窗戶入侵才裝的，育熙總抱怨那根本是囚禁活人的鐵籠。

灰濛濛的老公寓裝上五顏六色、造型多變的鐵窗，與狹窄巷弄內沒有規範的霓虹招牌、恣意蔓生的電線，還有豔麗的日日春及爆出陽台的九重葛，總能交織出宛如超現實主義畫作般鮮活的場景。

我很喜歡那種欣欣向榮，充滿生命力的感覺。

但是，打從我這樣形容老城區後，育熙就不肯讓我去她家玩了。

「我升上大學一定要搬出去住！住在這種地方太痛苦了！」

升上國中以後，每學期結業式都會聽到育熙覆述同樣的話語，我可以理解她的煩惱，畢竟老公寓沒有電梯，也沒有大廳管理員，為了成功攔截成績單，住在四樓的育熙不僅要掌握郵差到訪的時間，每天還得主動搶著下樓取信件包裹，一週五天天天如此。

育熙的雙親至今仍不知道學校有著寄送紙本成績單的傳統。

「妳弟弟升上七年級後，成績單的事會不會被發現啊？」

「那是明年寒假的煩惱了，再說那傢伙還不知道會念哪裡呢，聽說也是有學校沒在寄紙本。」

「咦？他不讀我們中學部嗎？」

「也要他考得過啊！而且他沒什麼特殊才藝能加分，可能會直接按學區入學吧？」

育熙不以為然地甩甩馬尾，每每提到小她四歲的弟弟，她都一臉嫌麻煩的神情。記得我們讀五年級時，育熙弟弟剛入學，她便耳提面命要弟弟自立自強，然後轉身管起我們班吵吵鬧鬧的男同學。

育熙弟弟確實是個不需要別人操心的男孩，即便育熙說他沒有特殊才能，但黃家全家都有著令我羨慕的運動細胞，田徑、球類各項運動都難不倒育熙一家，球技優秀的弟弟更從不缺朋友，小二時抽屜裡就被塞滿了情書，有著我完全想像不了的充實童年。

我們並肩走在人行道上，一陣冷風迎面撲來，育熙豪爽地打了個噴嚏，取下繫在腰間的運動夾克穿好，揚起頭盯著天空嘀咕。

「真討厭，考試的時候出大太陽，一放寒假就變天了。」

「好像常常這樣呢，天氣預報說會下兩個禮拜的雨？」

「人生才幾個寒假啊！老天爺居然對我們這樣殘忍——」

「育熙家不是要出國玩嗎？國外說不定都是好天氣唷。」

「是沒錯啦……」

育熙嘟著嘴，皺起眉頭看了看我。

紅燈亮起，我們在快到我家社區前的最後一個十字路口停下腳步，肩上的背包沉甸甸的，裡頭裝滿了這學期的課本，這一週我天天馱著一樣的重量上下學，以為自己能夠利用瑣碎時間好好複習，實際上只做到護身符般祈求及格的功用。

「怎麼了嗎？」

我不解地回望緊盯著我又不肯說話的育熙。

「沒事。」

她迅速撇過頭，顯然在隱瞞些什麼，不等我戳破，又趕緊補上一句：

「我只是在猜——心譽會喜歡香蕉還是榴槤啦！」

育熙一家幾天後要去泰國旅遊，似乎是人數龐大的家族之旅，就連七十多歲的爺爺奶奶、住在其他縣市的伯伯姑姑都會同行。

「不會是要送我奇怪的紀念品吧……」

「才不奇怪呢！那都是本人精心挑選，最能重現當地文化特色的禮物好嗎？」

我無奈地笑著，想起育熙挑紀念品的品味，總是聚焦在顏色鮮豔、味道特殊、包裝過度的當地加工食品，小學吃過一次後印象太深刻，再收到就全當擺設供起來了。

但不巧，這個應對策略很快便被她發現，之後育熙只要旅遊歸來，總會親自送來伴手禮，然後掛著甜美又危險的笑容，盯著我吞下至少一份神秘的加工食品，才心滿意足地放我一馬。

「倒是……心譽……」

「嗯？」

又來了，無法理解的停頓。我側著頭，困惑地看著欲言又止的青梅竹馬。

「我……大概要到初六才能拿禮物給你。」

她眨眨眼，有些不好意思地問：

「應該……不要緊吧？」

——我好像知道她在顧慮什麼了。

育熙家這次旅遊會如此大陣仗，還幾乎帶上爸爸那邊所有的親戚，是因為他們家族計畫去國外過農曆新年。

農曆新年是闔家團圓的重要節日，對大部分的人來說都是這樣吧？

之於我，也是一樣的。

一年十二個月，三百六十五天，我也只有這段期間會與「家人」團聚。

或是說，必須與「家人」團聚。

十六年來總是如此。

而每年精疲力盡地回到家後，育熙就會立刻跑來拜年，帶著育熙媽媽做的年菜，或是其他親戚送的零嘴。

我很清楚「拜年」只是善意的謊言，育熙就只是想關心我而已，想讓我知道——不管我在那棟陌生宅邸裡遇到了什麼事都不要緊，她隨時都能陪在我身邊，嘻嘻哈哈地一起剝著開心果，吐嘈千篇一律的春節特別節目或是熱鬧非凡的宮鬥劇馬拉松直播。

所以，剛才那幾次停頓……是在擔心今年沒辦法好好陪我嗎？

綠燈亮起，我邁開步伐，育熙卻仍憂心忡忡地站在原處。

「沒關係的。」

我回過頭，故作輕鬆地說：

「就初六吧，約好了。」

她一掃愁容，露齒而笑，修長的腿快步追了上來。

「那就初六見！我會帶超多榴槤點心給心譽的！」

「現在選香蕉還來得及嗎？」

「不管！我已經決定了！到時候你乖乖聽話全部吃掉就對了！」

育熙興奮不已地笑道，還將同樣裝滿課本的手提袋甩向我的大腿。

「會痛啦……」

寬闊的天空不知道什麼時候爬滿了平整的雲，蒼白得宛如畫紙。

我的高一第一個學期就這樣平靜地步入了尾聲。

「話說回來，妳家第一次在寒假出國那麼久……成績單攔截計畫沒問題嗎？」

「啊！」

⬟

除夕的早晨，門鈴意外地響起。

藍叔剛出門洗車，紅嬸在幫我整理今晚過夜的行李，而我正在客廳沙發上，對著五件過於鮮豔的新衣服發呆。

我必須在藍叔回來前，選定年夜飯和明天初一要穿的衣服，而它們大半都是刺眼的正紅色。沒想到一年的最後一天，紅嬸居然派了如此艱困的任務給我，我寧願去打掃倉庫。

「過年嘛，小譽會遇到那麼多親戚，穿得喜慶點，才有好彩頭呀。」

「穿這些比較像 Cosplay 紅包袋吧。」

可惜裡面裝的是我這個賠錢貨。

我將唯一一件沒有花紋或是撞色設計的寬鬆粗針織紅毛衣扔到一旁，拖著疲憊的步伐走去開門。

門打開的瞬間，我還真以為撞見天上掉下來的巨大紅包袋。

「抱歉！打擾了！」

一個我未曾料到的訪客出現在玄關。

一身大紅棉襖唐裝，頂著厚瀏海公主頭的何曉實直挺挺站在那裡，如果不是她頭上戴了雪白的毛茸茸耳罩，還以為她是剛從宮鬥劇直播穿越到現實的宮女。不確定是穿得太暖，還是這副打扮太害羞，曉實的雙頰紅冬冬的，與她的新衣一樣應景。

「助手哥哥……新年快樂！祝你事事如意、步步高升、財源滾滾、年年有餘！」

曉實雙臂向前平舉，小手拎著喜慶洋洋的大紙盒，正經八百地說道：

「一點小意思，不成敬意。」

「謝謝曉實妹妹，新年快樂。」

我接過紙盒，她居然帶了味付海苔來，路過的鄰居撞見說不定會誤以為我們在拍海苔禮盒春節廣告，雖然我覺得她更像是玩輸遊戲遭到懲罰。

「要進來坐一下嗎？不好意思，我在整理行李，家裡有點亂。」

「不用、不用，我等下要跟珂珂和愛芮去逛街……」

「嗯？今天除夕，有街可以逛嗎？」

「很多店都營業到傍晚……不過我們也不是要逛商店……」

曉實垂下頭，有些吞吞吐吐的。

「助手哥哥要出門？」

「對，要回老家過年。」

「哇……回老家啊……助手哥哥的老家會不會比較容易買到呢？」

小女孩的圓眼骨碌碌轉動，不知道在打什麼主意。

「妳們在找什麼特別的東西嗎？我如果看到可以幫妳們買唷，雖然我老家也是在市區而已……」

「那、那沒關係的！市區的話，都要碰碰運氣的！」

曉實慌張地擺了擺手。

「真的買不到就算了……我們還有別的東西可以玩……」

「不會又是狼人殺吧？」

我隨口開了玩笑，曉實不好意思地搖搖頭。

「不是啦！雖然我們帳號都回來了，可是我們沒有玩了唷！」

「咦？帳號都恢復了嗎？」

「嗯！魔女姊姊設計的特殊局結束後隔一天就突然回來了呢！」

曉實用力地點了點頭，有點訝異我不知道這件事，但她也沒有說破。

畢竟那夜過後，我就墜入期末考地獄，過著水深火熱的一週。

成績單昨天一早就收到了，幸好全科低空飛過，我的高一生活暫時不會出現更多不必要的紅色……

能夠順利 All Pass，都得感謝盯著我讀書的她。

大門框出矩形的畫布，纖細的少女側身站在被灌木包圍的前院平台上，如瀑的黑色長髮沿著背部柔順披掛，她有時低著頭，凝視著院子裡常有昆蟲爬行的地磚，有時則微微踮起腳尖，仰望多變的天空，不知道是在思考事情，還是又發現某些有趣的小事。

——不久前，每個早晨從玄關望出去，總能見到那樣的景色。

「恭、恭喜妳們拿回帳號！」

我有點笨拙地祝賀，努力擠出看起來應該很開心的笑容。

「看來她的假設沒有錯呢……」

我並不曉得萁蘳是不是仍去拜訪了補習班，如果大家的帳號隔天就歸還了，那她應該不會跑那麼一趟吧？而多納泰羅也正如她所說的，和信使號管理員有某種程度上的關係。

「後來再也沒發生帳號不見的事了！我們一直希望當面謝謝助手哥哥、育熙姊姊和魔女姊姊！」

「妳找過她們了嗎？」我緊張地問。

「育熙姊姊出國了，魔女姊姊……我不知道她住在哪裡，傳訊息、打電話都沒人接。」

曉實眨眨圓眼，大概是戒掉狼人殺的關係吧，黑眼圈幾乎消失了。

「我也想把魔女姊姊借我的手機還給她……助手哥哥知道要怎麼找到她嗎？」

「……抱歉，我也聯絡不到她。」

萁藹消失了。

在那不斷迴響的質問下，信使號突然當機停止服務，而她也一聲不吭地消失了。

水深火熱的期末考週，自顧不暇的育熙與我抽不出時間跑趟信班，雖然我們每天都會傳訊息給萁藹，她卻不讀不回。

就像褪去了晚霞織成的斗篷，恢復漆黑的魔女裝束，隨著新月降臨，融入夜色詭譎的私人美術館裡，和那次畢卡索展時一樣。

即便寒假開始了，她未曾再與我一起晨間散步。

我這才意識到——除了ＳＮＳ軟體，除了每個月第三個星期三的下午三點外，我根本沒有主動見她的方法。

在寒流徘徊的慘灰清晨睜開眼，不免懷疑起夕色的她只是我恍惚中做的一場夢。

「那個多納泰羅好奇怪呢……用變聲器就是想隱藏真實身分吧？突然說那種可怕的話，而且之後就沒再上線了……」

曉實一手杵著臉頰，歪著頭思索道：

「魔女姊姊會不會是自己偷偷跑去調查真相了呢？應該不會遇到危險吧？」

「不、不會吧……」

笑容頓時僵硬，我驚恐地看著眼前嬌小的女孩。

萁蘙不會是讓自己置身危險的人吧？那晚多納泰羅確實非常怪異，「多納泰羅」這個帳號當時並沒有「被殺」仍能正常活動，可是他為什麼要不斷怒吼著「是誰殺了多納泰羅」呢？萁蘙是在意起這件事才斷了音訊嗎？還是……

「助手哥哥，這樣不行唷。」

圓眼有些狡黠地緊盯著我，我不解地回望她。

曉實咧嘴一笑，又恢復為平常我所習慣的天真樣貌。

「不管助手哥哥的煩惱有多大，請別忘了身邊還有很多人陪你的。」

最後，我捨棄了格紋衫、燈芯絨布料以及硬挺的襯衫，換上那件寬鬆毛衣與黑色牛仔褲，抓著塞滿衣物與盥洗用具的背包，默默站在社區出入口外的人行道上。

婉拒了紅嬸和藍叔陪我等車，就是怕耽誤到他們和家人團聚的時光，在我保證抵達後、開飯前、用餐後，還有大年初一時辰一到，馬上發訊息給他們後，他們終於肯留我一人待在這兒。

寬敞無車的馬路兩側種了整排洋紅風鈴木，春天到來時會開出一球球茂盛的小花，但在那之前，它們的葉子會先落得一乾二淨，使得新年假期期間整個坡道都呈現不合時宜的蕭瑟。

我不討厭這種冷冷清清的感覺，反而花季充滿拍照打卡民眾的那種熱鬧會令我更不自在。

口鼻呼出的空氣化成輕薄的霧氣，我可以就這樣一個人靜靜地待上好幾個小時。

忘記從哪一年開始，我即已明白，終究得自己一個人面對那些「家人」，就算拉著紅嬸陪我，她也只能目送我上車，憂心忡忡地與我道別，那還不如一開始就讓我獨自等待，將接下來的二十四小時當作電玩遊戲裡的特別任務，全靠自己的能力應對。

天空開始飄下小雨，引擎聲終於從遙遠的右方緩緩靠近，車牌號碼愈漸清晰，熟悉又陌生。

我從未問過這組車號是不是有特殊意義，畢竟那個地方所有的車都有一樣的數字，無論新舊，就像某種刻在血液裡無法擺脫也不肯擺脫的痕跡。

光鮮亮麗的黑色名車在我面前停下，陌生的司機開了車門，我抱緊背包鑽進後座，車內瀰漫著酒般辛辣的男性香水氣味。

本家大宅離我住的社區約二十分鐘車程，途經購物商場林立的商業區，每到除夕，閃爍的燈飾總是比逛街人潮喧鬧，我常有想跳車的衝動，頭也不回地跑進七彩燈飾環繞的商場，但想到那裡根本沒有足夠人群讓我躲藏，只好繼續瑟縮在真皮座椅裡。

在得到人生中第一支智慧型手機時，我曾用 Google Map 看過本家周遭的地圖，地圖上只畫出宅邸的外觀形狀，一個和一般街區相比有點略大的長方形，但上面卻沒有任何地標，就連司機開進院子前的那條小巷都不存在，就像超出遊戲地圖的未知領域。

二十分鐘眨眼就過了，我靠著車窗，街景從杳無人煙變成高樓林立再回到杳無人煙，唯一不變只有同樣灰濛的天空，即便華麗的鐵柵門慢慢開啟，仍一樣飄著綿綿細雨。

不管我長了幾歲，屹立雨中的尹氏本家宅邸數十年如一日，永遠都巨大得令我喘不過氣。

——那裡，誰都不在。

媽媽、外公、紅嬸、藍叔、育熙、萁蘙……誰都不在。

以前，還有畫畫，能支撐著我。

現在，只有我一個人。

瞥了瞥手機，尹家的鐵門就像個結界，通過後訊號立刻跌成兩格，必須等走進客廳才連得上 Wi-Fi。

「**請別忘了身邊還有很多人陪你的。**」

我想著曉實意味深長的鼓勵，像祈禱般，將這句話收在心上，無聲覆述，希望它能擊倒盤旋腦海的念頭。

司機讓我在宛如小型飯店般的前門下車，一如往常，春節期間仍留在這裡的傭人都忙於準備年夜飯，我獨自抱著行李走進一年只回來一次的「家」。脫下鞋子，和行李一起塞進玄關衣帽櫃的深處，與大哥不要的舊球鞋擠在一起，然後換上給客人的拖鞋。

在尹家晚輩中，我是年紀最小的，依據家裡不成文的規矩，必須是最早回來本家的人。我會在草草吃過午餐後出發，以前抵達宅邸時，通常只有退休的祖父在家，父親、母親、大哥與兩名姊姊會在傍晚返回家門。

記憶裡的祖父曾經小中風過，行動不太方便，但脾氣與精神都非常堅毅，即便獨自守著宅邸，也堅持要等所有親人坐上餐桌才肯走出房門，也不允許最早到的我帶著行李先進到過夜的房間，理由是——不希望我就這麼躲在房裡誰都不見，偷偷摸摸到晚餐時間才出來。

「你當我們尹家是飯店嗎？」

祖父曾這樣對讀幼兒園大班的我說過，還差點把拐杖甩到我的頭上。

不過，這幢偌大的宅邸並沒有屬於我的房間，他們安排給我的，其實是宅邸一樓西側的邊間客房，雖然是比我的臥室大上許多，但近一半的空間堆滿了家人罕用的嶄新雜物，像是大哥的多功能重量訓練機、母親的巨蛋型岩盤浴床、祖父汰舊換新的按摩椅等……所有東西都價格不斐，卻滿是塵埃。

我繞過玄關那面掛著壯闊山水畫的牆，牆後是非常寬敞的方正梯廳，一只雄偉的蟠龍雕刻迎面而來，祂盤據在梯廳中央，身後一左一右各有座通往二樓的階梯，實木扶手被擦拭得油油亮亮。

這裡四處都是東方風格的畫作與雕塑，彼此主題不見得有關聯性，但全都具有獨霸一方的威嚴氣勢，似乎都是祖父的收藏，在他過世後也未曾改動。

龍首昂然威武，下方卻突兀地擺著一架德國製的平台鋼琴，那是以前為了讓大姊和二姊學琴而買的，但她們也沒有就此走上音樂之路。

左轉走進客廳，足以容納我們班一半同學的ㄇ字形沙發對著我說不出尺寸的大電視和全套真空管音響擺放，我窩進被兩道牆夾著的沙發角落，漫無目的地滑起手機。

不曉得是宅邸過大的緣故，還是裝潢使用了大量的石材，本家就像冷藏室一樣冰冷。

在擁有手機以前，我會隨身帶著一本小說，平時我不太看都是文字的讀物，但在這裡，即使被哥哥姊姊嘲笑讀那些學不到東西又不切實際，我還是必須強迫自己投入別人的世界。有了手機後情況變得單純，他們只會嫌棄我是個被網路挾持的蠢小孩。

社群充斥著比街上還要濃厚的年節氛圍，現在才下午四點出頭，社群已經開始出現團圓飯的照片了。

隨意滑了幾篇圖文、幾部短影片，古董機械座鐘即將敲響五點的鐘聲時，第二道人影總算走進宅邸，我趕緊站起來。

「哈，小白兔一回來就在搞科技冷漠啊？」

大姊尖銳的嗓音和她的香水一樣具侵略性，我暫時屏住呼吸。

「姊姊，新年快樂。」

「算你今年運氣好，晚上可以在桌上吃飯，而且媽不在，不用怕她吃到倒胃口。」

擦了大紅口紅的嘴咧出笑容，我也盡力回以微笑。

「母親……不回來過年嗎？」

「她在美國陪我妹呀，現在那邊有點亂，你不知道嗎？該不會都沒在看國際新聞吧？都幾歲了，手機不是用來給你看沒營養搞笑影片的。」

她粗魯地脫下綴滿銀灰色兔毛的大衣，順手丟到我身旁的空位，轉身走向樓梯。

直到確定她登上二樓，我才又窩回沙發，繼續扮演她口中科技冷漠的晚輩。

父親和母親有三個孩子，最大的哥哥大我八歲，大姊大我六歲，二姊和我差四歲，在被我靜音的家族群組裡曾瞄見二姊赴美留學的訊息，其他諸如去了哪一州、讀哪所學校、母親是否同行等等我就沒留意了，就像我也聽說大哥和大姊大學畢業後是直接進了家族公司，在父親底下工作，但具體的職務內容我並不清楚。

只要知道個大概就好了，就算搞錯了也不要緊，在這裡成為一個被消遣的傻瓜會輕鬆許多。

從我還不懂什麼是「企業」的年紀以來，便被耳提面命著不要妄想和家裡的事業扯上關係，即便我從來沒那樣想過，但親戚們好像都飽讀某種狗血劇本般，擅自預言我內心的想法，以及我成年以後會造成的危害。

對此，我沒什麼感覺，也沒有意見。

父親在最一開始，我仍懵懵懂懂的時候就說了——他會資助我所有的生活所需，直到我成年，成年以後，我與本家就再也沒有任何瓜葛了。

——也不需要回來吃團圓飯了。

五點四十分，在廚房飄出食物香氣的同時，父親與大哥一起回來了，我再次站了起來，像具只有打招呼功能的機器人，等著偵測到活人的體溫後說出早就寫入程式的話語。

父親邊講電話邊走上二樓，只有大哥轉進客廳，我正要開口，他又立刻走回梯間，逕自上樓。

我鬆了口氣。

現在在這座大宅裡，大姊是唯一會主動跟我搭話的人，她雖貌似親暱地喊我「小白兔」，但那是因為母親囑咐過「過年不要說髒話」，不是「暱稱」原本的模樣。

大哥在我考進露高中學部後就把我當作空氣了，具體的原因我不知道，但我很感激，至少手指不會再被他釘上釘書針，可以安心畫畫了。

六點整，尹家所有人員準時坐進緊鄰廚房的餐廳。

我曉得宅邸還有其他更大的餐廳，不過團圓飯一向只在鄰近廚房的小餐廳開飯，這是祖父還在時就堅持的傳統，因為只有這裡擺著十人座的圓桌，中間擺上干貝燉雞一類的砂鍋，其他花俏的年菜繞著鍋子團團轉。

父親的姊姊，我該稱為姑姑的那一家親戚，有時過年也會來用餐，小餐廳最多曾擠下十六個人。

一群人和樂融融地入座後，我變成多出來的那一個，祖父說單數不吉利、不完美，讓我拉椅子在廚房門前獨自捧碗吃著。

我不討厭那樣，保持距離能好好放鬆，好好享用晚餐，不遠處餐桌上發生的應酬恭維，變得像在看電視上的節目般，挺有趣的。

可惜今年少了母親和二姊，為了湊齊吉祥的偶數，姑姑與姑丈收到邀請，加上我這個多出來的，六人圍成一圈坐下。

「哎唷，我們兩個湊一湊就變六六大順了呢。」

相較於本家沉默的男性，飯桌上幾乎都是姑姑和大姊的聲音，她們的位置正好一左一右包夾著我，話匣子一開便停不下來，從二姊究竟讀哪一所常春藤名校到父親和大姊耶誕假期時目睹美國市區毒品多氾濫，中間不時夾雜英文單字，時間彷彿倒流回期末考的那一週，眼前不停旋轉的菜餚幾乎成功催眠我入睡。

「喂！兔子就多吃點胡蘿蔔。」

一朵雕成薔薇花的生胡蘿蔔掉進我的碗裡，右手邊的始作俑者悻悻然地說：

「等下還要守歲呢，居然在餐桌上打瞌睡。」

「對不起。」

我用力眨眨眼睛，努力趕走睡意。

「把蘿蔔吃掉，還是你想要我改叫你烏龜？」

她在我耳邊悄聲說道。

「那個花雕得滿漂亮的耶，有點像哥你辦公室掛的那幅小的。」

左手邊的姑姑嗓門大，神經也大條，此刻的我非常感謝她自然地轉移話題，不然大姊又繼續挖苦我，氣氛變差的責任會直接落到我頭上。

「哪一幅啊？」姑丈問。

「就門一進去右手邊柱子上的啊，小小的啦，上面還有畫鳥跟魚。」

「沒印象。」

「你就只對吃跟喝有印象！」

姑姑不耐煩地搖晃姑丈面前整瓶只剩三分之一的威士忌。

「還有美女啦！」

姑姑翻了白眼，旋即又笑容滿面地看向父親。

「哥，你哪幅買多少啊？」

「忘了。」

低沉的嗓音回道。我趕緊低下頭，用筷子一粒一粒夾起飯粒吃著，筷尖不時撞到占據過多空間的胡蘿蔔薔薇。

不想和父親對到眼，特別是和畫有關的話題。

「我想說哥眼光那麼好，那幅畫應該很有價值，沒想到我去朋友的藝廊逛逛居然還遇到一模一樣的，朋友才跟我說那個是版畫，我想說——版畫不就跟影印的一樣嗎？能多有價值？」

在小孩都各自成家後的這兩年，姑姑也開始買藝術品了，我無從判斷她的鑑賞能力與品味，但她對藏品的價格敏銳度好像滿精準的，偶爾也會在家族群組裡傳她那些收藏品的照片，還不忘附註入手價格。

「朋友跟我說……這個在地的藝術家，年紀輕輕很有才氣，結果突然就不見了！」

姑姑生動地瞪大眼睛，老式紋繡眼線頓時變得嚇人。

「那個版畫是他最後一件作品，總共好像才印二十幾幅吧？很稀有，又真的很美麗，我就問了價錢，沒想到很——便宜耶！」

「便宜又怎樣？是會漲價喔？都跟妳說那個畫家已經掛了！」姑丈冷哼。

「大過年的講什麼掛不掛！人家只是不見而已啦！封筆、封筆你懂嗎？」

姑姑仰起方方厚厚的下巴，得意洋洋地說：

「反正我直覺那個畫一定會漲！欸，老哥你辦公室那幅是第幾版？六嗎？」

「十六。」

「唉唷，我忘記我買的那個是幾了。啊你為什麼會收啊？那版畫漂亮是漂亮，可是那麼小，跟平板差不多而已，我覺得你辦公室要掛大幅的，氣勢才會出來。」

「家裡爸的收藏還不夠大嗎？」父親冷聲問。

「老爸的畫都同一種情緒啦！而且又那麼老派，你應該多收一些現在的台灣畫家的作品，支持我們本土年輕藝術家嘛！那些畫過幾年說不定都比老爸的收藏高價了！像我上禮拜五去聽音樂會，朋友跟我說一個真的很不錯的，我有存下來，我找一下——」

姑姑邊說邊掏出手機，興奮地滑了起來。

「那幅畫喔，又大又精緻又有氣勢，掛你辦公室或這個飯廳超適合的……」

「姑姑，妳是去聽誰的音樂會啊？」

大姊饒有興味地問，她早早放下餐具不再進食，碗裡還有約三分之二的白飯。

「就那個以前從奧地利回來的古大師啊……他彈什麼蕭邦的鋼琴協奏曲，彈得還不錯，滿熱鬧的。」

筷子不小心掉到地上，我緊張到忘了道歉，一位阿姨急忙從廚房裡衝出來，遞給我新的一雙。

「謝……謝謝……」

「喔——古老師啊，他大女兒跟小妹好像同屆的，現在也出國了吧？」

姊姊說話的速度刻意慢了下來，聲調像蛇一樣扭來扭去的，我小心地捧著飯碗，避免又弄掉了什麼。

「啊！差點了忘了——」

搽了豔紅指甲油的手突然搭向我的肩膀，大姊熱情地笑著：

「他們家老二，跟小兔子一樣唸露高呢！」

不知道是手指在顫抖，還是身體在發抖，剛拿到的乾淨筷子不停輕敲著瓷碗的邊緣，我想要停止卻無法控制。

鋼琴家、古老師、一樣讀露草高中……幾個關鍵字仍繚繞在耳畔，我想伸手舀一點雞湯泡飯，看正在喪失溫度的掌心能不能暖和起來，十根指頭卻漸漸麻痺，我不敢動彈。

不敢去聽，在我上方漫天飛舞的話語。

「對啦！就是古家二女兒啦——」

「古家不是都搞音樂的嗎？」

就只是閒聊，就只是日常飯桌上的閒話家常而已，與我無關，這裡沒有人知道、沒有人看得出來的。

「古依？」大哥說：「記得她是美術社的。」

緊掐著心臟的木質調氣味，月光般冰冷的面容，像刺一樣穿透我全身上下的鳳眼。

「欸……你小時候不是吵著要加露高美術社嗎？」

大姊輕笑說著，她故意側身看我，就好像鑑賞會時打量我的那些眼睛。

沒事的，這些一年才會扮演一次闔家團圓的「家人」，不會知道發生了什麼事的。

沒事的，餐桌上的我有著傻愣愣的兔子殼，他們無法剝除，挑出裡面真正的我恣意評價。

「你跟古依應該關係不錯吧？」

只要微笑點頭就好。

我對身體下指令，卻動彈不了。

「找到了、找到了，就是這幅，好像是一整個系列，這是第一號。哥，你看看。」

姑姑的呼喊被心臟鼓動蓋過，耳膜也包覆了殼，像沉在水裡一樣，世界混濁不清。

「嗯，參界藝廊。」

啊。我怎麼會忘記呢？

父親是知道的。

「這什麼啊？水墨畫嗎？灰壓壓的。」

他知道我有病。

「應該是油畫，往左滑有第二號，第二號就鮮艷一點了，現在成品就這兩幅。」

他不讓我看醫生時，紅嬸和他講電話講到哭了。

「這是在畫什麼？看不懂。」

筷子碰撞著飯碗，微乎其微的聲響，聽起來像汪洋另一端的鈴聲，也像是響徹整個美術教室的人們的笑聲，可是這個聲音明明是我自己造成的。

都是我自己造成的。

「好像是什麼佛教用語啦，說靈感是現在年輕人很流行的平行宇宙，像那個一號是畫學校，二號是畫家庭……」

站在後方盯著我畫版的她，簡要的否定是沉默的海嘯，混濁的海水挾帶所有我想拋棄卻忘不掉的記憶而來。

「我比較喜歡二號，圓圓的很吉利，很適合掛在哥背後這面牆，這樣看著吃年夜飯，圓圓滿滿、幸福美滿！」

——拜託，請不要看我，不要那樣看我。

我會乖乖醒著，乖乖守歲，在大年初一的第一刻鐘說出所有我記得的新年賀詞。

「姑姑，妳下一張明明就有拍到名字……哇！好貴啊！」

「我看看。」

——不要剝掉我的殼，不要裸露我醜陋惡臭的血肉。

我向她的幽靈無聲祈求，麻木的手指怪異扭曲，指甲僵直陷入掌心，微乎其微的壓迫是我與現實間僅存的支點。

「這油畫叫……《曼荼羅》？」

不停旋轉的美術教室，無垠的黑暗自剖開的胸膛傾瀉而出，我看見自己取代了干貝燉雞，躺在宇宙的中心，《曼荼羅》宛若漩渦兀自旋轉，激起的浪潮吞沒了我。

我向後傾倒，碗筷落地碎裂成新年綻放的花火時，滿桌的「家人」心急如焚地喊出了聲音。

「歲歲平安！」

第七章　廢墟速寫

失敗了。

一年就這麼一次的特別任務，徹底失敗了。

——就跟我這個人一樣失敗。

四面八方都有人簇擁上來，有的人忙著收拾滿地的飯菜與碗盤碎片，有的人拿來清掃用的大紅抹布，有的人伸手扶起渾身僵硬的我，陌生的他們像機器人般面無表情地工作，他們的面孔我完全沒見過。

我被帶去沙發，灰色的兔毛外套就像從我身上剝下來的皮，和我的身體一起癱在冰冷的客廳。

明知道父親並不想讓任何人發現我的情況，我卻無法克制地在親戚面前發作，而且交遊廣闊的姑姑還是座上賓……

我明明知道的。

明知道父親不想成為他人茶餘飯後的話題，不想讓尹家在外出現難以說明的流言蜚語，我唯一不知道的事，就只有這些丟臉的傳聞會對父親的工作、對家族的事業造成多大的影響。

可是，渺小的、如嚙齒動物般的我，真的能掀起太平洋另一端的龍捲風嗎？

之後的事我記不太起來了，就連我是怎麼被緊急召回的紅嬸藍叔扛上車、怎麼回到風鈴木包圍的社區、怎麼躺進同樣冰冷的熟悉臥室……這些都不記得了。

團圓飯仍在繼續嗎？少了一個人變成單數了，不圓滿了，也還在繼續嗎？

除夕夜不守歲會召來惡運嗎？癱在床上的我只要睜著眼睛，不睡著，也算是守歲了吧？

天花板鑲著父親銅鈴似的怒眸，眨了眨眼才發現那是沒打開的嵌燈，耳邊響起大姊「小兔子、小兔子」的嘲諷，然後大哥抓起一把火花四散的仙女棒，當作牧草塞進毫無食慾的我口中，肚子破了一個大洞，姑姑和姑丈的笑聲竟在裡面不停迴盪，直到屋外傳來鞭炮聲，我才想起新的一年到了。

一切都好可笑。

我到底在幹什麼呢？一年的最後一天和一年的第一天，獨自一人躺在房間裡做什麼呢？我為什麼就不能振作起來，好好地陪「家人」聊天呢？只要微笑就好了，只要點頭就好了，只要裝傻就好了，就當作應酬吧，就當作成為大人必經的階段吧？大過年的，我明明有能力隨口說說好聽的話，明明已經背了無數新年賀詞十幾年了，明明就隨便敷衍一下就好了。

為什麼就這樣倒下去了呢？

地板、大宅的沙發、家裡的沙發、臥室的床單，都是同一窪冰冷的深潭，我吐出游絲般的氣，向下浸泡。

我根本不是什麼小兔子，最一開始，他們是叫我小王八蛋的，所以我應該是一隻烏龜，烏龜的殼堅固多了，而且烏龜才應該生活在濕濕冷冷的水池裡，鑽回去、埋進去、潛下去，沒有必要浮起來，沒必要在這種喜氣洋洋的大日子爬出池子，街上滿是買彩券、玩刮刮樂的人們，沒有人想看到烏龜的，沒有人想搭理等著被做成黑色藥膳點心，即將赴死的烏龜，拆下腹部龜板，加上土伏苓和其他藥材熬煮……不，烏龜都比我有用。

「我……為什麼要活著呢？」

沒有人期待我的誕生。

媽媽在生下我的同時死去了，而我，是「父親」人生功績上的重大汙點。

因為有了我，她就不再映入他的眼裡，也因為我，「父親的家族」幾近崩潰，他為了自己，允許我的身分證上印了他的名字，他給我錢、安排了紅嬸與藍叔、給我大房子，衣食無虞、有人照顧，這些都是他的恩賜。

他不想見我，不想承認我這個汙點的存在。

而我又長得像媽媽。

他們曾做過親子鑑定，怕我是母親與其他人生下的孩子，用來威脅家族的手段。我也不知道媽媽和「父親」之間是否存在愛情，會不會是一場意外、一次的意亂情迷、或是其他我無法想像的……

「——我不是告訴過你，不要跟他太近嗎？你還沒被偷怕啊？」

「很難看。」

「你根本不該畫這個。」

「沒有爸媽教的小孩就是這樣！品行很差！」

「一副自己畫得好爛、好差、多沒天分似的，我這輩子最討厭的就是這種人——」

「這是你自己選的，不是嗎？」

我只知道、我一直都知道——

沒有人希望我誕生，沒有人會因為我的存在感到快樂，我的生命破壞了許多的人、許多的關係、許多的家庭，造成了悲劇。

我沒有選擇。

——**像垃圾一樣。**

空洞的腹部一陣收縮，我痛苦地往旁邊一翻，酸水夾雜著未消化的年夜飯嘔了一地。

胡亂抹了抹臉，無力地躺回被窩，快要沒電的手機在毛毯下散發著微弱的光。

真的不知道該怎麼辦了。

毛衣仍有年菜油膩的臭味，紅嫿精心挑選的大紅色如今已被黑色染得汙濁。

黑色……那個人長髮也是黑色的啊……卻是那樣飄逸、輕巧、自由自在的，那是完全不同的黑，遙不可及的黑。

在陽光下閃耀著斑斕色彩的黑。

……她便會接下委託，為煩惱之人解開所有難題。

有辦法嗎？

她能夠解開我的煩惱嗎？

解決糾纏這道自我誕生於世便揮之不去的難題嗎？

在手機上輸入了文字，卻沒有力氣傳出去。

現在的她，應該正和她的家人開心過節吧？穿著與她個性不符的紅色新衣，鼓起腮幫子，像隻小松鼠般捧著瓜子堅果坐在客廳，妙語如珠地吐嘈電視上嘻嘻哈哈玩著魚躍龍門的藝人。

外面寒流雖冷，屋裡卻暖洋洋的。

我像那賣火柴的小女孩，隔著窗望著此生都無法屬於我的一切。

——我好想見妳。

可我又有什麼資格見她呢？

如此失敗無能的我，怎麼能自私的將她當成自己的浮木呢？

我好想見妳。

⬟

不知不覺地睡了。

恍惚中好像看見了她過於精緻美麗的小臉，離我好近好近，依偎在我身旁，我感覺沒那麼冷了。

陽光從沒拉緊的窗簾縫隙照射進來，正巧照在臉上，原來給予溫暖的是太陽。

手機已經沒電了，鬧鐘也不見了，我不知道現在幾點。

身體雖然疲憊不堪，嘴巴與喉嚨都乾涸得刺痛，頭也昏昏沉沉的，但至少四肢能夠移動了，我試著將雙腿踩向地面，腳尖尋找著拖鞋。

床下的嘔吐物不見了，大概是紅嬸偷偷進來幫我清理過了吧……真是丟臉。

隨手抓了睡袍，直接包裹住臭烘烘的毛衣，我拖著步伐走出房間，想要喝口水，卻一直沒看見紅嬸的蹤影，只好蹣跚地下樓。

玄關處傳來細語，即使是過於寧靜的年節期間，我也聽不清是誰和誰在交談。

——不會是本家的人吧……

想到這個可能性，兩腿頓時像生根似的，在樓梯上無法移動。

不，他們不會特地跑來這裡，不管是要關心我，還是要嘲笑我，都不可能花二十分鐘的車程來這麼一趟。

之前我發作時，都是紅嬸主動打電話給他們的。

那……會是誰？

我緊緊抓著扶手，伸出左腳，又下了一階台階。

是鄰居嗎？

會是藍叔飆車回到社區，驚擾了左鄰右舍？還是紅嬸在我失態時情緒激動，引起了街坊鄰居的注意？

過了轉角平台，終於看見紅嬸的背影，圍裙在腰後繫成端正的蝴蝶結，她正與門口的訪客小聲交談。

我不想驚擾到她，只想悄悄倒杯水，悄悄回房，繼續躺著。

意外總是眷顧著我，腳下突然一滑，拖鞋滾了下去，幸好我抓緊了扶手，不然滾下樓梯的就不只鞋子了。掉了鞋不至於發出什麼聲響，我深吸口氣，打算躡手躡腳繼續往下走。

紅嬸突然回過頭，在我姿勢怪異的時候。

「哎呀，小譽，你醒了怎麼不叫我呢？」

她親切地笑著，像往常一樣，我也想回她微笑，可是臉頰和嘴角都凍結了。

「我去幫你倒杯熱水。」

我常懷疑紅嬸會讀心術，她溫和地說完，也對門口的訪客殷勤地擺擺手：

「妳進來坐一下吧，我泡個紅茶給妳喝。」

不等對方回應，紅嬸便匆匆忙忙地轉身走進廚房。

門前佇立著一枚背光的纖瘦身影，雲隙光般的線條沿著邊緣滲透進來，為慘白的畫布添上淡薄漸層。

寶石般的茶色眼睛散發著光彩，遮住半張臉的雪白圍巾與小豆色(註11)的牛角釦大衣將她包裹得像顆甜粽子，裸露出來的鼻子與一部分臉頰都被凍得紅冬冬的。

我半張著嘴，卡在台階中間不上不下，丟臉至極。

「不要相信太陽，陽光是騙人的。」

久違的清麗嗓音埋怨道，戴著厚手套的雙手抓著一頂遮耳毛帽。

「啊。」

萁蘼小聲驚呼，我還以為她終於注意到我的姿勢多尷尬，沒想到她突然正經地鞠躬，說了句：

「恭喜發財。」

「呃……新年快樂？」

我不太確定地回應，說真的我只希望她可以轉移一下注意力，像是換上拖鞋或是脫下大衣之類的，不要一直緊盯著動彈不得的我。

渾身乾掉嘔吐物與隔夜年菜油膩味的我。

她顯然沒打算顧慮我的尷尬，眼眸仍直勾勾地盯著，我只好以最緩慢的速度滑下台階，用盡全身力氣站穩雙腳，並且拉緊睡袍前襟，不讓裡頭的髒衣服露出來。

「我收到了訊息。」

萁蘼冷不防地說，我困惑地盯著她，面無表情的她打開斜背皮包，從中翻出玫瑰金

註11：小豆色（あずきいろ），日本傳統暗紅色，小豆即是紅豆，有解厄招福的意涵。

色的手機。

「……就過來了。」

在她確認手機內容時，我的臉唰地變得滾燙，發冷的手下意識探進睡袍口袋與褲子口袋，卻沒摸到任何東西，我才想起手機留在房間，而且完全沒電了。

「我本來以為是拜年簡訊……」

「——拜託妳當作沒看到吧！拜託！」

我慌張地大叫，差點沒下跪求饒，萁蘼蹙起眉頭，垂下眼，盯著手機雙唇微啟……

——不管我傳了什麼，都拜託不要唸出來啊！

「要不要去走春？」

在我要連滾帶爬地奔向她之際，萁蘼眨眨眼，輕聲說了和她形象超級不符的提案。

「我們一起去看看海吧。」

公車搖搖晃晃地行駛在台二線濱海公路上。

大年初一時近中午，不見以往假期往北海岸的壅塞車潮，就連公車上的乘客也寥寥無幾，和我們剛才轉車的淡水捷運站簡直是天壤之別。

萁蘳很急著出發，她只給我短暫的盥洗時間，還婉拒了紅嬸打算拿出來慢慢泡的茶葉，就連牛角釦大衣都不願意脫掉。當我彆扭地穿上舊燕麥色軍裝外套出現時，她便急急忙忙地抓起我的手腕，直奔藍叔早已暖好的車。

藍叔像往常一樣一臉酷樣，彷彿我昨晚的窘態未曾發生過，他飛快地送我們到最近的捷運站，萁蘳揪著我寬大的袖口，倉猝地跳上捷運。

捷運車程非常久，鮮少搭大眾運輸工具的我卻沒有半點興奮感，即便自覺穿得夠暖了，低溫仍在空盪盪的胸膛盤旋不散。一路上我緊握著開不了機的手機與飽滿的行動電源，所有心思都在回想誤傳給她的訊息。

——我到底傳了什麼啊……

我們搭了很久的捷運，在人滿為患的終點站，擁擠的人潮幾乎令我窒息，我們來不及被周圍歡欣鼓舞的春節氣氛感染，萁蘳又自然地拉起我的手，完全不需抬頭確認路標，熟門熟路地走向公車站。

太陽果然如她所言說了謊，光線照射不到的地方連呼吸都是冰的，天空依然罩著胡粉色的層雲，冬日漸漸隱沒在雲後，日光猶如幻覺。

我低頭看著交握在一起的手，她修長的指頭被隱藏在針織手套裡，或許因為隔著厚實的毛線，感覺不到她掌心的溫度，也或許她急切地走在前方引領著我的場景，使我產生時間倒流回那日秋天傍晚的錯覺，緊張徬徨的心情漸漸平靜了下來。

上了公車，她將靠窗的位置讓給了我，淡然地說：

「應該還有半個小時的車程。」

萁藹大概是不喜歡在交通工具上說話的人吧，這點和喋喋不休的育熙很不一樣，她總是怕周遭太安靜似地，隨時隨地都有說不完的話題，不過像現在這樣清靜地搭車也沒有什麼不好。

昏黑的螢幕亮起圖示，手機終於有了足夠電力能開機了，我趕緊低頭打開我與她的對話紀錄，確認自己意識不清時究竟做了什麼。

無論看或不看，整張臉早已熱得發燙，喘不過氣。

——太丟臉了……到底在幹嘛啊我……

我面部扭曲地按下收回，不願再回顧自己製造的慘案。

不曉得是公車有點老舊還是道路不夠平整，擺盪的弧度有愈來愈大的趨勢，為了避免碰撞到她，我盡可能靠向窗戶。

然後，盡可能不動聲色地，悄悄瞄著坐在走道側的她。

她取下了手套，修長的小指輕靠著唇瓣，像在遮擋弧度完美的下巴，長長的睫毛低垂，雀茶色的眼睛凝視著我看不到的世界，神情嚴肅，不知道在沉思什麼。

臉頰又熱了起來。

司機像是想喚醒所有乘客般，公車猛力地拐彎，我一頭撞上冰涼的車窗，羞愧感頓時與高樓聳立的重劃區一同被甩至後方，模型般的低矮房舍與稀落行道樹映入眼中，在它們後方隱約能見到留紺（註12）之海。

「要不要去走走春？我們一起去看看海吧。」

萁蘼的邀約仍在耳畔響著。

理智希望我婉拒，但體內一股力量莫名驅動著，我無力阻止。

——和她一起去看海嗎……

公車總算駛進濱海的路段，蜿蜒的海岸線，濃稠又神秘的留紺之海，奮力拍打海岸的滔天大浪，陰鬱深沉的雲層……

海灣上也許有沙灘吧，只是被整排景觀咖啡廳和臨停車輛遮蔽住了。海風終年吹拂，與潮濕的空氣使得建築牆面總是骯髒斑駁。本該有著濃厚南島風情的棕櫚樹與林投樹，尚未入夜就像是怪物般張牙舞爪。

註12：留紺（とまりこん），日本傳統色，近乎黑色的靛藍。

左手邊是深色的沙岸，右手邊則是引擎震耳的砂石車，浪漫與現實混雜著，突然伸出一道斜長堤防，下方與海的交界攀爬著無數的消波塊，宛如海裡掙扎上岸的鬼魅。

車子繼續向前行駛，速度飛快，眨眼間，右側浮現渾圓的山勢，霧中漫山的草是發霉般的綠，左手邊則是險峻的黑色岩岸，最深最深的藍能吞噬掉世間萬物，連同我腳下的這片隨時都會崩裂的陸地。

就算還沒有降雨，眼前的一切都冰冷凝重到任誰都會以為自己將要死去了。

這就是冬天的海，也是我從小到大對北海岸的印象。

地勢略微攀升，岸與海有了危險的距離，從公車上向下望，浪花滾滾。

我想起某本書裡絕美的跳崖殉情，想起了隔著毛線手套拉著自己的那隻手。

「唔……」

我趕緊摀著嘴，企圖壓抑舌下不停湧現的唾液。

「暈車？」

身邊傳來她的輕聲關心，我沒辦法轉頭，深怕再一個動作，體內的酸水就會失控。

「眼睛直視前方，不要亂瞥，視線放高一點。」

萁蘤冷靜地指示著，並從小巧的皮包裡抽出面紙和摺疊整齊的塑膠袋。

「專注在呼吸上。」

她把面紙和袋子交給我，陪著我吸氣，深深地吐氣，幾個循環後，消化道稍微平息了下來，伴隨著悶痛的暈眩也稍微減退了。

「放心休息吧。」

我疲倦地闔上眼。

「到了，我會叫你。」

⬟

萁蘦的目的地是一座獨自屹立在海崖上的廢墟。

至少，外表看起來是如此。

若不是公車停靠在老舊的候車亭，我會以為自己被隨意拋棄在偏僻的公路邊，周遭除了山壁與海崖外，只有不斷呼嘯的狂風與未想過減速的車輛。

萁蘦帶我沿著靠海崖側的狹窄人行道繼續向前走，走了約兩分鐘後，轉進一條藏在芒草中的小路，沒多久，一棟相信不管是遊客還是當地人都不會留意的水泥建物出現在我們眼前。

芒草徑的盡頭，灰色的廢墟、慘澹的天色、黝黑的大海，我想起阿諾德・伯克林的系列畫作《死之島》，差別只在我們不是划船而來。

這座建築看起來有兩層樓高，外型方方正正爬滿了我喊不出名字的植物，茂盛的葉片與枝條隨風躁動，我有些懷疑這裡早就荒蕪到不完整，全靠自由生長的草木掩蓋斷壁殘垣。

前方的萁蘑在一扇陳舊的穀倉門前停下腳步，回頭等著速度較慢的我，我有些狐疑地東張西望，意外在牆邊的草叢裡，看到一塊刻著「Lélia」字樣的原木木片，上面還長了幾朵可能有毒的傘菇。

黑髮迎風飛舞，即使穿著帶紅的大衣，她的氣質竟然能和這個地方產生難以言喻的融合感，我開始懷疑這個廢墟會不會是魔女的家、魔女的集會場所、魔女的根據地那一類超現實場所了……

白皙臉蛋上掛著一抹難得的笑意。

「進來吧。」

「歡迎回家」般的口吻，像是應證了我心裡的猜測，穀倉門徐徐地滑開。

黃銅製的古董搖鈴清脆響起，我小心地跨過門檻，一股暖意伴隨著金黃光線包圍了我。

萁蘑關上門。室內與外面是截然不同的兩個世界，乾燥、寂靜，滿室的咖啡芬芳與烘焙香氣，我以為我進入了童話世界。

和外觀無趣的立方體截然不同，內部是以原木構築，走道狹窄，似乎切割成許多的小空間，無法一眼看穿。四處充滿復古傢俱、裝飾品與盆栽，乍看有些繁雜，細看卻像在各個角落設計了獨特的場景，屋子主人帶有童心的巧思俯拾皆是，其中一面牆上甚至掛滿了快二十個黑森林咕咕鐘，整點的報時聲大概會變成一首驚愕交響曲。

萁蘐領著我往深處走，突然傳來一陣雜沓的腳步聲，我才發現左手邊龜背芋之後有個像吧台與收銀櫃的木作半牆。

「喔，小蘐。」

吧台後方出現一張有著雀斑的女子面孔，看不懂她是從哪裡冒出來的。

「只有妳會在這種爛天氣跑過來……」

萁蘐收回本已準備推開深處小門的手，轉身看向吧台。

雀斑女子染了頭火焰般的狂傲紅髮，卻又編成整齊秀氣的麻花辮，在她站直身子後，我終於看見連結著吧台的牆下藏了一道木梯，烘培的氣味就是從那裡傳上來的。

「我這裡出太陽時美得要命，結果妳一次都沒看過。」

「那客人會很多。」

「哈，我這種荒涼的秘境哪來的客人。」

她爽朗地笑著，然後饒有興味地看向我。

「喔？男朋友？」

臉頰又變得滾燙，我慌張地甩甩頭，思考著要怎麼自我介紹時，萁藣不慌不忙地推開了擋在她前方的門。

「梅俐姊，我們今天坐樓下。」

語畢，黑髮揚起，她的身影直接消失了。

「小混蛋，又無視我的問題嗎？」

雀斑女子苦笑，一雙銳利的眼睛再次回到我的身上，她不發一語地打量著。

「不、不好意思，我是萁藣同校的同學——尹心譽，我……我不是什麼……」

在我無法繼續往下說的時候，雀斑女子往我嘴裡塞了片燕麥餅乾。

「來我這不用那麼拘謹，當作自己家吧，除了二樓，其他地方隨便你參觀。」

我緊張地點點頭，趕緊循著萁藣的路線往內走，身後的雀斑女子扯起嗓門喊道：

「喂！小藣！我的蛋糕正處關鍵時刻，飲料要稍等一下喔——今天風太大了，不要亂開門開窗啊——」

我快步下樓，毫無預警地，一望無際的大海與天空頓時闖進視野，我傻傻地吞下餅乾，身體像被掏空了，愣然地呆站著，分辨不出口裡的滋味。

不知道過了多久，我總算意識到自己處在另一個截然不同的小房間裡，房內鑲著面積大得誇張的落地窗，玻璃乾淨到一塵不染。這裡不像一般景觀餐廳設置了靠窗桌板與高腳椅，也沒有慵懶的沙發與矮桌，更沒有為了滿足客人而盡可能塞滿餐桌椅，主人任性地只擺了一張不算大的胡桃木圓桌，和兩張滿是歲月痕跡的溫莎椅，除此之外只有各式各樣大大小小的盆栽，也許此處平時是當作植物溫室使用吧。

萁蘤坐在離樓梯較遠的那張椅子上，她終於脫下外衣，露出以這種天氣來說略嫌單薄的黑色連身洋裝，像她過往的私服一樣低調綴滿精緻蕾絲，看來外面罩上那件鮮豔大衣是她勉強妥協的春節造型。

她一邊凝視著海，一邊撫著腿上一團灰色毛球。

「外套可以掛在門邊，如果你會熱的話。」

我照著她話做了，燕麥色外套與小豆色大衣並肩垂掛，有著和諧的溫馨感。

「這裡……好酷。」

「嗯。」

我笨拙地說，她一如往常淡然地回應。在我坐下時，她腿上的毛球緩緩地動了一下。

「師走，梅俐姊的室友。」

「貓咪嗎？」

名字叫作獅子？

「嗯，這種天氣牠特別貪睡，而且願意撒嬌。」

「妳怎麼……會發現這家店？」

就算眼前是汪洋大海，和她共處在這個小空間裡還是令我很不自在，我故作好奇地環顧四周，偏偏萁蘼選的這裡沒有樓上那些精心擺放的雜貨裝飾能轉移注意力。

「我媽帶我來過一次，後來她嫌遠，我就都自己過來。」

萁蘼輕描淡寫地說著，她的母親大概跟她很像吧？才能在這麼偏僻的地方挖掘到這麼隱秘的咖啡店。

「梅俐姊有很多有趣的小東西，都不知道是去哪裡的垃圾堆挖到的。」

「喂！不要這麼不識貨，我的收藏不是從國外扛回來，就是在網路上奮勇殺敵千辛萬苦搶到手的舶來品古董好嗎？」

梅俐姊聲音比人先到，她嘴上埋怨，卻掛著豪爽的笑容，她端著兩個陶製馬克杯來到觀海溫室，脫了一半的工作圍裙下是寬鬆的黑襯衫與緊身褲，如果腳上的厚底拖鞋換上長靴的話，像極隨時能駕馬奔騰的女騎士。

「……原來不是去旁邊山上偷挖別人的陰宅啊。」

「大年初一少講這麼難笑的鬼笑話啦！都幾世紀了，那種地方最好挖得到骨頭以外的東西！再說我們這邊示範墓園都超高級的好嗎？妳以為那是我這種貧困村姑進得去的地方嗎？」

梅俐姊放下馬克杯，敲了敲萁薵的腦袋，熱巧克力的香氣騷弄著我的鼻子。

「不過上面墓園那裡的視野讚透了！開工後你們再來，我開車載你們上去看風景！」

「等我哪天不想活了，再坐梅俐姊的車。」

「臭小鬼，長那麼可愛講話就不能可愛一點嗎？小譽同學，你怎麼會喜歡這種無時無刻不讓人生氣的怪女孩啊？」

「我要吃肉桂捲。」

梅俐姊又敲了敲萁薵的頭，她發出嗚咽聲，我嚇得抓起杯子假裝專心品嚐熱可可。

「呵，故意點餐來轉移話題啊？不好意思，本小姐今天沒烤肉桂捲，我可以給妳一瓶肉桂粉慢慢舔，還是妳要啃剛從斯里蘭卡飛來的肉桂棒？」

「我是客人，不能點餐？」

萁薵捧起馬克杯小聲嘟囔，梅俐姊不理她，反而溫柔地問我：

「我的新配方巴斯克剛烤好，小譽同學喜歡原味、抹茶還是巧克力口味呢？」

「呃……都……都可以。」

「那先吃看看原味吧，請稍等一下。」

梅俐姊將左手背在身後，右臂環過腹前，裝模作樣前傾行禮，才又快步上樓。

「你很熱嗎？暖氣需要轉小一點？」

萁蘼猝然問道，茶色眼眸緊盯著我。

「不、不會啊。」

「可是你臉好紅。」

我用力推開椅子，驚慌地站了起來。

「我……我還是去參觀一下好了，這麼特別的地方……我去走一走！等等回來！」

放下仍冒著白煙只啜了一小口的濃厚可可，刻意忽略萁蘼好奇的目光，我匆匆忙忙地登上木階。

⬟

回到一樓時，吧台後見不到梅俐姊，下方的廚房或是烘焙工作室飄來更濃郁的香氣，以及陣陣杯盤餐具碰撞的聲響。

可能暖氣真的有點熱吧，總覺得不只是臉頰發燙，一股高溫幾乎從胸前沿著後頸一路燒到耳根。

必須轉移注意力、放鬆心情才行。

不然好像會一直被她們兩個女生戲弄。

我轉身踩著堅固的階梯往上走，沒幾步便來到另外一條狹窄的走道，以高度來說這裡不太像是二樓，天花板的距離看起來也不像夾層，一旁有著沿牆向上搭建的垂直木梯，隨興地掛著「Staff Only」的薄薄鐵片。

沿著走道往前走，兩側有許多拆掉門板的小門，門後是更多擺了綠色植物與古董雜物的座位區，木製桌椅沒有一件是重複的，卻搭配得自然得宜，每個房間都設有格子窗，窗外有的是廣闊的海景，有的是綠意盎然的山景，但沒有一扇像樓下溫室的落地窗那樣地方正寬大。

走廊盡頭搭了有著手作痕跡的木欄杆，欄杆對面是座書櫃，我納悶地走了過去，還在思考該怎麼繞才能拿到櫃子裡的書時，赫然發現那並不只是擺滿兩排書的書櫃，而是從下方一直延伸到我頭上，彷彿小型圖書館般的整面書牆。

天花板上垂下裝飾了枯木樹枝的大吊燈，而下方目測可能和觀海溫室同個高度的空間，擺著能坐上八人的原木餐桌，兩側都是長板凳，感覺很適合曉實和她的閨蜜們窩在那裡玩桌遊，那畫面想像起來就像住在森林的一窩小精靈。

我靠向欄杆，探出頭往右看，右上方有個像是閣樓的地方，推測也許能從「Staff Only」的木梯通到那裡，那麼這座書牆又得從哪裡過去呢？不會得從現在這個地方跳下去吧……

就在我被這棟像個小型迷宮的神秘建築搞得頭昏眼花時，閣樓裡忽然冒出一雙小小的綠眼，閃透著妖異光彩。

正想看個仔細，一團白色的東西突地跳了下來，迅速繞過我的腳邊，往走道的另一頭竄去。

「又是……貓？」

和窩在萁蘼腿上長毛灰貓不同，那是一隻纖瘦的雪白短毛貓，牠神色戒備地端坐在樓梯前，不時張嘴發出低鳴。

那端正的姿態令我想起樓下的黑髮女孩，即便色彩相差甚遠，牠隱隱透出一股不滿，像是指責我無禮入侵了牠的領地一樣。

「對不起，吵到你了。」

我小聲地對那隻綠眼白貓說道，躡手躡腳地走回樓梯，但牠卻擋在路中間動也不動，只是瞪著我不停喵喵叫。

「呃……怎麼了嗎？肚子餓嗎？」

下一秒這隻白貓竟然主動磨蹭我的褲腳，來來回回繞著八字。

完全不懂牠想要做什麼啊……

這下反而變成我動彈不得了，只能乖乖站著讓牠鑽來鑽去，我四處張望，想看看有沒有什麼能討牠歡心或是轉移注意力的物品，偏偏觸手可及的牆上除了一幅畫外，找不到任何能幫上忙的東西。

不敢亂動的我嘆了口長長的氣，無奈地望向那幅大概和Ａ４差不多大的畫。

第一眼看到時並沒有什麼特別的感覺，或許是尺寸不大的緣故吧，和窗外遼闊的景色、店內迷宮般的構造、充滿故事的古董雜貨相比，它實在是幅普通到理所當然該出現在咖啡店的細緻畫作，而且可能是被貓咪撞到了吧，畫居然還掛歪了一邊。

我忍不住伸手擺正這幅有著淺色木框的畫作，為了抓出平衡感，眼睛不由得在畫面上多停駐了一會兒。

畫上繪製了一尾頭部朝上的魚和一隻頭部向下的鳥，無論鳥還是魚都是灰色的，看不出品種，但是鱗片與鳥羽全都精緻得誇張，就像將鉛筆削到最細最細的，精準地一筆一筆描繪出來。如果畫能夠再大一點，任誰都能會被它極度寫實的立體感震懾住，但它又不像照片，每道筆觸中隱約有著什麼活生生的東西在流動著。

魚和鳥的後方，相當於畫面的正中央——是一朵盛開的露草色薔薇。

和前景主題的極力描寫相當不同，這朵晶瑩剔透的薔薇就只有色彩，彷彿所有的筆觸都融化在漸層的藍裡了。

充滿透明感的花瓣一層又一層地綻放著，看久了甚至覺得那並不是一朵薔薇，而是海崖下拍打的浪花，有時又像環繞出漩渦的海水，即將吞噬前方那尾奮力悠遊的不知名小魚。

稍微後退一點看，又覺得主角其實是那隻姿勢詭異的鳥兒，牠是即將墜落？還是已經墜落呢？盛開的薔薇就只是薔薇嗎？還是是從鳥兒脆弱身軀傾瀉而出的藍血……

我呆站在畫前，久久不能自己。

直到萁蘼的嗓音幽幽響起，我終於掙脫了那朵幾乎吞沒了我的薔薇。

「尹心譽？蛋糕好了……」

我猛地轉頭，黑髮的魔女不知道何時來到我身旁，她困惑地看著我。

「啊……好的，不好意思，剛才被一隻小貓……」

那隻糾纏我的白貓早就不知所蹤了，反倒名為「獅子」的長毛灰貓乖乖地跟在萁蘼腳邊，灰綠眼睛精明地瞅著我。

萁蘼靠了過來，與我並肩站著。

「你在看這幅畫啊？」

「嗯……算、算是吧……」

我不知所措地應道，目光被吸引回去，一不小心又陷入畫中。

「梅俐姊不太收藏畫，比起掛畫，她反而喜歡刺繡、鐵片、漂流木、破鏡子和動物標本。動物標本常嚇到客人，現在都放進二樓她的房間了。」

萁蘙居然偷偷爆料別人的特殊偏好，她和梅俐姊的交情好像真的很好……

「這幅是『萊莉亞』裡唯一的畫了。」

薔薇旋轉著，盛開著，活生生的，像要捕食她前方所見的萬物，但又像是死去了，自遺體的體內慢慢滲透出來，流淌著，匯集著，然後再度綻放成一朵薔薇。

「這畫……好神奇。」

「怎麼說？」

萁蘙淡淡地問，我卻答不出來，太多的思緒擅自闖入腦海放肆生長，而我什麼都抓不住、什麼都無法確定……

可能是看我欲言又止吧，萁蘙難得主動開口接話。

「和下方寫的這些資訊有關嗎？」

修長的食指輕輕滑過圖面，我瞪大了雙眼，沒想到自己竟然出神到遺漏了那些細小但確實存在的鉛筆字跡。

圖紙的左下方，在快被畫框遮住的邊緣，優雅鉛字寫著「21／24」，右下角則有個潦草模糊的英文字母和日期，但除了年分以外的資訊被塗抹掉了。

「……是 Sand 嗎？」

「你們兩個——是想把我真心誠意烤好的蛋糕放成冰淇淋才打算吃嗎？」

梅俐姊踩上台階，雙手叉腰不悅地說：

「別讓我像個老媽子一樣碎碎念好嗎？我正年輕貌美，還等著嫁入豪門呢！」

「躲在這種連 Tinder 都滑不到半個活人的廢墟要如何嫁入豪門呢？」

「吵死了，未成年小鬼。」

厚底拖鞋啪嗒啪嗒地來到我們旁邊，「獅子」親暱地鑽到梅俐姊腳邊舉起尾巴喵嗚喵嗚叫著。

「怎麼啦？我前男友寄來的垃圾有什麼問題嗎？需要驅魔作法嗎？」

「前、前男友？」

過於驚恐的我不小心重覆了關鍵字——怎麼還是甩不開感情話題呢……

「我又不是道士。」

「呦？妳不是自稱禮拜三的魔女嗎？」

「既然是垃圾就拿去燒了吧——」

萁藞嘆了口長氣，接著她居然伸手取下了畫，我錯愕地看著舉止大膽的她，難道不用先獲得店主的同意嗎？而且還是前男友送的禮物……

「這個卡片也是前任送的？」

畫框背面的木板以紙膠帶黏著一張小卡片。

說是卡片，看起來就像隨便找了張水彩紙剪裁下來，再草草用鉛筆寫上「開張大吉」之類賀詞的碎紙片。

「是啊，他說是慶祝開店的賀禮。」

萁藞掀起卡片，與背板緊靠的那一面也寫了一行字，她緩緩地唸了出來：

「**週日，我孤獨回到懺悔之地……**」

「喔喔，那個啊，他可能想表達自己有在反省吧。」

梅俐姊聳了聳肩，看來這段感情對她來說已經不是什麼會勾起傷痛的回憶了。

「那個渣男吝嗇得要命，分手那麼久了，突然肯花黑貓的錢特地寄這個垃圾來……還算他有點良心，我也不是沒有良心的惡女，再說這幅也還算美啦，哪天我的店如果經營不善、必須跑路時，說不定還能賣了換一點錢。」

「太多可以吐嘈的點了，不知道該從何下口……」

「——那就給我閉嘴。」

梅俐姊沒好氣地說，她甩過火紅的麻花辮，笑盈盈地看向我。

「怎麼樣？那個渣男在你們學校過得還爽嗎？還會窩在美術教室裡耍孤僻，抱怨自己遇不到伯樂、懷才不遇、天妒英才嗎——」

不知道為什麼，我眼前突然閃過一張幾乎要忘卻的面孔。

「天妒英才通常用是在往生者身上吧。」

「是嗎？反正他在我的宇宙裡跟死了沒兩樣！膽敢給老娘劈腿還矢口否認……」

水彩畫冊一頁頁地翻動。

展翅飛翔的喜鵲，蘊含詩意的靜物，陽光普照的校園，乾淨純然的晴空……

晶瑩剔透的亮藍水彩和帶紫的露草薔薇雖然不一樣，但是那種將一個色彩活用到極致的技法幾乎如出一轍。

——**請你一定要來我們學校，加入私立露草高級中學美術社！**

窗邊憂鬱的男性側臉，唇邊飄蕩著一縷天青色的煙。

「石善涯那個海王還在你們露高當美術老師吧？」

他的眼底是我此生忘不了的、無盡的、光彩奪目的空色。

第八章　魔女的助手

「原來那隻灰貓的名字是『師走』，不是獅子啊……」

神秘兮兮的白貓則叫「霜月」，是梅俐姊去年十一月在附近墓園收編的流浪貓。

我靠著天藍色的塑膠椅，默默滑著梅俐姊的 Instagram。

梅俐姊非常健談，有點海派又不計形象的性格相處起來毫無壓力，整個初一午後，萁虉和我幾乎吃遍了她剛烤好的蛋糕與餅乾，又喝咖啡又喝茶的，肚子脹到完全吃不下晚餐，可惜愈晚外面風雨愈加張狂。

最後考量安全，她不放心我們兩個未成年人頂著不到十度的低溫，像離家出走似地站在偏僻路邊瑟瑟發抖，苦苦等待一個小時才一班的公車，於是不顧萁虉的反對，堅持親自開車載我們到捷運站。

那是方正可愛的米灰色小型吉普車，外表和「萊莉亞」非常相似。由於只有雙門，要坐後座必須將副駕駛座椅往前傾倒，再從狹窄的縫隙鑽到後方。

一坐定位，萁虉便臉色鐵青地繫緊安全帶，並且遞給我另一個折成四四方方的塑膠袋，無聲地說了句「加油」。

梅俐姊一踩下油門，興奮地開出芒草小徑，我立刻明白萁蘬為什麼不願意坐她的車了……當有著紅磚外觀的捷運站出現在前方時，真的會慶幸自己終於活下來了。

說也奇怪，平常連搭捷運都能暈得亂七八糟的我，在體驗過梅俐姊的駕駛技術吐了幾袋後，居然能清醒地在捷運車廂裡低頭滑手機了。

離開廢墟前，梅俐姊主動說要加我的 Instagram，我其實有點猶豫，畢竟那個帳號是我很久以前辦的，也很久沒更新了，上面只有不到十張照片，都是小時候不懂事時上傳的塗鴉。

「給我加嘛、加嘛！」

她發酒瘋似地懇求道，甚至拉萁蘬下水：

「小譽同學，你應該也沒有小蘬的ＩＧ吧？我跟她互為好友唷，你加我就可以知道小蘬的帳號了喔……」

「C-H-I……」

「——喂喂！妳怎麼直接唸出帳號啊？太不給姊姊面子了吧！」

經過一番折騰，最終我們三人還是都互加了帳號。梅俐姊雖是不公開帳號，粉絲竟有一萬多人，以店名作為ＩＤ的主頁上，每兩日更新至少一部短片，內容都是她自己拍攝的不露臉日常生活Vlog，做烘焙、手沖咖啡、照顧盆栽、木工DIY，還有師走與霜月兩個流量密碼，色彩鮮豔夢幻，像是在現實世界真人上演的日本幻想動畫。

而粉絲們也只以為她純粹分享生活，沒人發現梅俐姊的小木屋其實是北海岸一處廢墟咖啡店，多數人都以為「萊莉亞」是她的名字。

「喔？小謦同學喜歡畫畫啊？」

梅俐姊盯著手機如此問道時，我惶恐地忘了呼吸。

「我有時候興致一來也還會畫呢，你回去慢慢翻，我以前應該傳過畫畫的縮時影片。」

我們待了整個下午的觀海溫室曾經是梅俐姊的畫室，而她清一色只畫海，以豐富濃稠的顏料層層疊疊，畫下那片屬於她，厚實而深邃的海。

與只用一種顏色，充滿透明感的空色畫集完全相反。

「嘿嘿，姊姊以前唸美術的喔！真是想不開啊。」

駕駛座上的梅俐姊嘲諷地笑道，即便我吐到人仰馬翻，心裡仍湧現出一絲羨慕與景仰。

不顧別人目光，想做什麼就做什麼、想住哪就住哪，過著有著濃厚自我風格與審美品味的生活……就算只有自己一個人也無所謂，她還有貓咪家人，有會不斷增加的、自己深愛的收藏品。

——所以，她才會帶我去看海……去萊莉亞嗎？

萁蘙沒有吐，但坐上捷運的她臉色慘白，可能還在暈眩吧。

「**尹心譽！你不用待在這種地方——也可以畫畫！**」

她曾經那樣堅定地對我吼道，如此強硬地將我拉出那個地方……

「**……會畫畫真好。**」

那樣天真欣喜的神情，已經好久好久沒見到了。

很可惜，要令妳失望了。

我已經失去了畫畫的能力，也失去了繼續畫畫的理由。

「尹心譽。」

身旁的她突然無力地喊了我，精巧的側臉皺著眉頭，睫毛低垂。

「我……想調查一件事。」

心臟微微震盪，縱然萁蘙還沒明說，我似乎猜得到她想調查什麼。

但是，為什麼呢？

妳為什麼想要調查呢？

「雖然與我的規矩不符……」

略微發白的唇輕吐道，臉上掛著罕見的哀愁與糾結。

「我想知道——美術社還有石善涯到底發生了什麼事。」

黑髮少女轉向我，白色毛帽緊壓著她那被海風吹亂的瀏海。

我該露出什麼樣的表情呢？困惑，還是詫異？

腦中為什麼會閃過無數的疑問？胸口微弱的悸動又是怎麼一回事？

——那位年輕的美術老師……石善涯，是梅俐姊前男友的事……魔女早就知道了嗎？還是今天她也是第一次聽見呢？

「**學弟，雖然我們說好要敞開心扉、真誠相待，但是呢，有些事情……**」

——石善涯早就離開露高了，在我提到他時，那裡的每個人都面有難色。

因薔薇而生的魚和鳥，或因魚和鳥而生的薔薇，在廢墟牆上的那幅畫作和我發現的那本畫集是多麼地相像……那會是石善涯畫的嗎？若是如此，他又為什麼要畫自己在美術教室抽菸呢？

「我……也有一點……在意。」

我不知道自己說的是真話還是謊言，我搞不清楚自己到底在想什麼，理不清楚自己的感受。

梅俐姊罵他是渣男、劈腿、海王……我沒有談過戀愛，不知道曾經相戀的人彼此分開後，會對對方懷抱著什麼樣的情緒，但她頻頻誇張使用的負面詞彙，都和那個人曾經帶給我的感覺不一樣。

他是那樣地真誠，話語裡充滿了希望與熱情，即使我的年紀再小，也被他散發出的氣息深深吸引。

他一定是深愛著畫畫的吧？畫畫對他來說一定是世界上最美好的事吧？

「但是，你的煩惱，應該不是他構成的……」

茶色明眸認真地盯著我，流露著猶豫。

我好像明白了些什麼。

星期三的魔女不是偵探。

她的調查，她的推斷，她的行動，必須有為他人解決煩惱的實質意義才行，而不是基於自己的好奇心。

——那麼，我想要見他嗎？

那個無意中給予我夢想的人。

那個留下令我心神嚮往的畫集的人。

有些事，是不是再見到他一次，就會有所改變了呢？

我關掉手機螢幕，昏黑的畫面反射著我的樣貌，瘦削、慘白，還有略淺的髮色，看起來好陌生。

沉默籠罩著我們，直到即將到站的蜂鳴聲響起，她才又喊了我。

「尹心譽。」

鄰座蔥白的手指把玩著毛線手套，出乎我意料地，萁蘼有點彆扭地細聲開口道：

「你願意，再當一次我的助手嗎？」

——魔女的助手。

「嗯，好啊。」

那天下車前，我竟想也沒想，故作爽朗地答應了。

一出捷運站，她以還在頭暈為由，拒絕搭藍叔便車，獨自走進捷運站旁人聲鼎沸的夜市巷弄。

之後，我直到初四晚餐時間，才收到她的訊息——

明天一點花園見。

簡短直白的訊息，若不是曾經去過那間名為「花園」的咖啡店，我可能會跑去旁邊的公園，蹲在花圃旁邊乾等吧。

捧著她的簡訊，滑著她空空如也，連頭像都沒設置的ＩＧ頁面，毫無睡意。

魔女的助手。

這個嶄新而肯定的身分颳走了睡意，我努力思考著。

魔女的助手，看起來應該要是什麼模樣？

紅色長袍與綴滿星星的尖帽？不對，那個是魔法師的學徒。

還是該穿襯衫加西裝背心呢？不行，打著領結走進咖啡店也太詭異了吧，三次元世界真的有人會這樣穿出門嗎？

直到太陽剛升起，站在浴室的鏡子前，才對眼下驚人的黑影感到後悔。

愚蠢的我苦惱地靠著洗手檯，臨時抱佛腳搜尋起「男生穿搭」、「黑眼圈急救法」。

就算換盡櫃子裡的衣物，不停排列組合重新搭配，我始終看不出每套服裝的差異，而我早就沒救了的臉和鳥巢般的頭髮，直接拉低整體視覺分數。

最後，我自暴自棄地套上無趣的長袖白Ｔ與黑牛仔褲，抓起淺灰色毛呢大衣下樓，紅孀居然還故意對著我「帥哥、帥哥」地胡叫，若在兩年前，我大概還會害羞地相信她說的話吧？現在的我只覺得她不去開早餐店真是太浪費才能了。

獨自走在街道上，清爽空氣裡瀰漫著線香的氣味，幸好今天終於沒下雨了，失控的頭髮不至於太狼狽。店家紛紛拉起鐵門，撕去手寫公告的粉色書面紙，擺放供品準備開工拜拜。

典雅的深綠大門就在前方十公尺，門忽然打了開來，戴著白色毛帽的纖細身影彎腰溜了出來，我的胸膛為之一震，急忙快步上前。

「早、早安，萁——」

「噓……」

冰冷的手驀地摀上我的嘴，茶色眼睛戒備地盯著大門上半部的格子窗。

「我們換個地方。」

萁蘿慢慢鬆開手，小聲地說。

「怎、怎麼了嗎？」

「此地今日不宜久留。」

她不太高興地鼓起腮幫子，我順著她的視線往店內望，只看見短髮咖啡師正熱絡地和吧台的女客人聊天，女客人夾著鯊魚夾的褐髮微微晃動。

「走吧。」

早與我拉開一段距離的她，回過頭急切地催促。

一路上，我緊追著她的背影，每當好像快要跟上她時，她又加快了腳步。

髮間的花香不知不覺取代了開工日的祭祀氣味。

我們來到離捷運站不遠的老城區，但前進的方向正好與育熙家完全相反，周邊騎樓與巷子裡停放不少包著木板、鎖上鐵鍊的攤子，四周出現更多忙著燒紙錢、放鞭炮的小吃攤和飲料店，像大白天便準備營業的小型夜市。

我被老商業區的繁忙吸引住了，好多的聲音在耳邊同時響起，韭菜、臭豆腐、滷肉……各式各樣的味道撲鼻而來，其中一條小巷內人滿為患，多是提著菜籃頭髮花白的老人家，巷道上方隨興搭建著鐵皮和帆布，似乎是傳統市場。

我忍著想轉進去繞繞的激動，繼續跟著與這裡氣息截然不同的黑髮女孩。

踩著棕色皮鞋的雙腿停了下來，萁蘼終於再次回頭看我，圍巾裡的臉蛋漾著淡淡的紅暈，可能是走得太急了吧？

她指指一旁老公寓的大門，看起來比育熙家還要有年代感，陳舊的傳統紅色木門不僅斑駁不堪，還歪了一邊，生鏽的門鎖形同虛設。

「上四樓。」

萁蘼嘟囔著，隱隱流洩出不太情願的感覺。

「樓梯很陡，小心點。」

此處的淺灰色磨石子樓梯是我走過最陡峭的，樓梯間只能用傷痕累累形容了，白牆油漆如雪花般剝落，我很嚮往的紅塑膠皮扶手相較下雖然新穎，但已經跟下方的鐵支架皮骨分離，好像能輕易拆下來一樣。

我們緩緩登上四樓，萁蘐停駐在右手邊的門前，那扇門的設計挺奇特的，最外層是新得發亮的鉛灰色鐵門，透過欄杆卻能看見潔淨的玻璃門。記得以前去育熙家時，她家第二扇是加了防鏽烤漆的金屬門，其他鄰居半數維持著老木門，我還是第一次看到公寓裡裝的是玻璃……這裡會是某種營業場所嗎？

萁蘐從皮包裡拿出一串鑰匙。

我嚥了口口水，不敢繼續胡思亂想。

她一推開玻璃門，上方由五彩貝殼串成的風鈴因此叮噹作響。

萁蘐將鑰匙放進玄關櫃上的籐籃托盤，然後開始脫外套，我假裝對托盤旁可愛的盆栽很有興趣，那是隻抱著一盆多肉植物吐出舌頭的陶瓷紅貴賓，一塊印有「營業中」字樣和木板墊在盆栽下方。

「不用脫鞋，沙發隨便坐。」

萁蘐叮嚀道，她踩著皮鞋逕自走向面積最大的鋁窗，熟門熟路地拉開百葉窗簾，讓更多光線照進室內，背對著我，在窗台前的餐櫃忙碌了起來。

我依照指示在四人座的復古沙發坐下，低矮的茶几滿是茶漬痕跡，對面本該擺放電視的矮櫃被一疊又一疊壯觀的書籍、雜誌、檔案夾和報紙取代，紙張成了磚，築起區隔客廳與餐廳的城牆，平常萁蘿在教室堆出的書塔根本相形見絀。

書牆的另一端是開放式廚房與餐廳，其實我不太確定那個地方能不能稱為餐廳，畢竟應該擺放餐桌的地方，塞了張很有董事長派頭的紅木辦公桌，四張來自北歐連鎖家具店的折疊餐椅圍繞著它。

桌面上既有筆記型電腦和無線滑鼠，也有正倒扣晾乾的保鮮盒和筷子，還散落著彩虹般的卷宗，正中央以菊花為主、顏色淡雅的年節盆花極力鎮守生活品味的最後防線。

我仍在試圖理解自己身處何方時，萁蘿端著木托盤面色凝重地走了過來，托盤上的兩只馬克杯散發出熟悉的可可香。

「這個是即溶的，不要抱任何期待。」

「謝謝……」

我們倆面對面坐著，不約而同地舉起馬克杯喝了一口，現成的熱可可粉確實比不上梅俐姊親自揀選產區可可豆烘焙研製的成果。

「我查了一些資料。」

萁蘿放下杯子，直接進入正題。

「石善涯是在兩年前的五月離職的，在此之前，已經在露高擔任了七年美術老師。」

「七年……」

和他相遇竟然已經是快十年前的事了……

「我確認了那個時間點學校網站上的公告，沒有找到任何相關的公開資訊，電子公布欄十分平和。石善涯在露高任教滿七年，依照任教期推估，他離開學校時應該還在聘約存續期間內，而且是在學期中。不過我比較在意的是，從那時到現在，露高完全沒開出新的美術教師或是其他藝術領域教師的職缺。」

我聽得一愣一愣的，茶色瞳仁認真盯著我的臉。

「包含目前在職的書法社張老師和美術社莊老師在內，之前露高應該有三位美術老師，但是石善涯離開後，露高就變成兩位美術老師，就這樣一直到現在……你覺得這可能意味著什麼？」

「呃……張老師和莊老師兩個人就應付得來了？」

「或許吧。」

萁蘦聳聳肩，她滿不在乎地說：

「也可能是學校或某部分人員，不希望被任何校外人士察覺——露高少了一位美術老師。因而小心謹慎，避免被他人嗅到任何一點不太對勁的地方。」

除了我以外，還會有其他人在意這件事嗎？

「石善涯和梅俐姊是全國最好的藝術大學畢業的，他們大學時就是班對，愛情長跑快十年……我不好意思向梅俐姊打聽太多，畢竟她對他仍充滿怒氣。網路上絕大多數十年前的資料也失效了，從僅存的一些連結只能得知——石善涯自小習畫，求學期間獲獎無數，任何媒材都得心應手，曾經是備受期待的新銳藝術家。」

——天才。

人們大概也是這樣稱呼他的吧。

我抓起杯子又喝了口可可，略甜的滋味能夠撫平莫名浮現的煩躁。

「可惜不管是網路還是坊間，都找不到他大學畢業後的作品。依照梅俐姊說法，石善涯的藝術之路並不順遂，但在成為正式教師的路途上卻一帆風順，畢業沒幾年便成為露高的美術教師了，帶出不少優秀的孩子，只是他對此並不滿意。」

我想起梅俐姊曾說過的話——愛耍孤僻，抱怨自己遇不到伯樂、懷才不遇。

「石善涯老師……還是想成為畫畫的人，而不是教人畫畫的人……」

「大概吧。」

「這是他離職的原因嗎？」

纖長的睫毛輕輕眨動，萁蘠認真看了我一會兒，才低頭打開她的包包，從中拿出一本夾了許多紙張的筆記本。

「這裡是二年前，也就是石善涯離職前後的校園新聞剪報。」

她將筆記本攤在茶几上迅速翻動，頁與頁間摺疊的紙都是報導，有些是直接從報紙上剪下來的，有些像是列印了網路新聞，上方空白處都標註了一組編號與日期。

「這起。」

白皙手指指著一則發生在同年四月下旬的社會事件，一名高中少年自市內素有「凶宅魔王」之稱的舊大樓墜樓身亡，在這十年內，已有將近三十人在那棟十四層樓高的老建築輕生，而且全都不是住戶，有半數甚至來自外縣市。

萁蘙連翻數篇，都是同起事件不同媒體上的報導，內容大同小異。最後，她停在一篇彩色列印的網路新聞上，那是唯一沒有搭配大樓照片的剪報，反而放了校園門口的照片。

我看了一下，忍不住皺眉。

就算刻意避開校名和校徽拍攝，也特地後製模糊了人群，但那辨識度極高的露草色，還有我們天天經過的校門，怎麼看都像在暗示——墜樓身亡的高中生是露高的學生。

「妳認為……這事和石老師的離職有關？」

「時間點非常接近，很難不聯想。」

萁虆捏著下巴思索，低垂的眼眸離不開那張校門口照片。

「其他新聞都聚焦在『凶宅魔王』的過往事件，像散播無法證實的都市傳說能獲得更多流量似的，唯獨這則提到：死者就讀私立名校、沒有發現遺書，以及——」

「是意外嗎？還是……」

「不，是自殺。」

「可是，不是沒有遺書嗎？」

「並非所有輕生的人都會留下遺書，根據統計，只有三成的死者會這麼做。」

穿著黑襯衫的身軀微微向後倒，她靠著椅背，平靜地望向天花板。

「家屬與其師長表示，死者生前有類似憂鬱症的傾向。」

——憂鬱症。

我低下頭，讓馬克杯溫暖雙手。

無數的臆測亂七八糟地占據了腦海各個角落。

「去世的學長……是美術社的社員嗎？」

「新聞沒有特別提到。」

萁虆嚴肅地看了看我一眼後，也看了看手機。

「不過，我找了願意提供線索的人，應該快到了。」

貝殼風鈴的聲音悠然響起，玻璃門被緩緩打開，她整理了一下衣裙，不慌不忙地站了起來，我見狀也趕緊跟著起身。

「打擾了，新年快樂。」

我倒抽了口氣。

一頭長捲髮、戴著圓框眼鏡的盧徽徽學姊笑吟吟地站在玻璃門前，她像是不會冷一樣，穿著輕飄飄的淡藍色長洋裝，寬版圍巾當作披肩般隨意披掛身上，手裡拎著一只硬挺的紙袋。

徽徽學姊溫文儒雅地朝我們走來，我尷尬地低下頭，不知該如何是好。萁蘼換到我旁邊的位置，輕碰了下手臂，示意我坐下。

「這個地方好像電影裡的偵探事務所喔！還能眺望雀茶國中的操場呢！」

徽徽學姊坐到萁蘼原先待的那一側，神采飛揚地邊說邊東張西望。

「這裡是停業中的徵信社。」

我詫異地瞥向身旁的萁蘼，她竟然說出我從沒想過的答案。

「學妹果然是傳聞中的名偵探之後嘛。」

「並不是。」

徽徽學姊笑得更開心了，她優雅地從紙袋裡拿出一個杯裝熱飲，以及一個長長的紙盒，裡面裝了十二枚蓬鬆的圓形糕點。

「我帶了達克瓦茲來唷！這家超級好吃呢。啊，這杯焦糖瑪奇朵是我的，我不知道你們喝不喝咖啡，就沒買了。」

像在喚醒我的回憶一樣，徽徽學姊自顧自地排列起茶几上的物品，彷彿她是特地來安排一場充滿儀式感的茶會。在她正要移動攤開的筆記本時，目光顯然被墜樓事件的報導捕捉了，原本容光煥發的臉黯淡了下來。

「你們找我過來……就是想問這個嗎？」

徽徽學姊把筆記本遞給萁蘐，她收起笑容，終於不再擺弄食物。

「還有美術社的前任指導老師石善涯。」

「你們知道多少呢？」

學姊揪著垂在臂彎上的圍巾沉聲地問。

「兩年前的四月下旬，一名露高一年生在校外墜樓。五月，石善涯便離開了學校，自此消聲匿跡……」

萁蘐字正腔圓地說著，徽徽學姊面無表情地拿了塊達克瓦茲，遲遲沒有動口。

「兩個月後，已與石善涯分手半年的前女友，意外收到他寄來的畫，作為她的開店賀禮。」

「畫？」

徽徽學姊怔怔地看著萁蘙，水靈大眼轉了一圈。

「一幅石版畫，上面畫了一條魚、一隻鳥，還有一朵——」

「和我們制服同色的薔薇花。」

她的口氣恍惚，思緒像是突然飄遠，在咬了一口點心後，又換上了微笑。

「沒想到你們居然能查到畫的事，那幅石版畫是很少人知道的夢幻逸品呢！」

「是因為……那幅是他在市面上唯一還找得到的作品嗎？」

——我已經不是社員了，現在的身分是魔女的助手，就該主動做些助手該做的事。

我戰戰兢兢地問，心中不斷鼓勵自己。

「嗯，其他的畫都不見了呢，像從不存在一樣。」

「那個……可是……」

我聽得一頭霧水，但還是打起精神提出疑惑：

「石老師學生時期的作品不可能完全找不到了吧？他如果是美術系畢業生，那應該也開過畢業展？而且……不是說他曾經是很受矚目的畫家嗎？」

徽徽學姊輕盈笑了，她捧起紙盒刻意停在我面前，我勉為其難地拿了塊法式小蛋糕。

「那幅石版畫不是石善涯的作品。」

萁虂猝然說道，剛咬了點心的我差點噎到。

「咦？可是……下面簽了 Sand……我以為是『善』的諧音？」

我確實認為薔薇的版畫和空色畫集是出自同一人之手，也因為版畫的簽名，所以假定兩件同樣是石老師的作品了，唯獨畫冊最後那張肖像畫始終想不透。

「『Sand』是石善涯寫的，畫是他寄送的，印製……也許也是他印的吧？但最一開始在石板上作畫的，應該是那名過世的學生。」

「咦咦？」

「版畫的創作方式很多樣，常見傳統技法有木刻、蝕刻、絲網以及剛剛提到的石板版畫等，和一般繪畫最大不同在於版畫並非直接性的創作，必須先製『版』，運用這個『版』在有限的載體上印製出『畫』。石版畫創作者可以使用自己習慣、擅長的作畫工具製版，在石板或是金屬板材上作畫後，再透過油水分離的原理進行後續製作。」

萁虂不疾不徐地說著。我對版畫很不熟悉，小學曾刻過很小片的橡膠板藏書票，明明只套三個顏色，印刷時卻總對不準，印得歪七扭八。

乍聽之下，石板版畫這種技法，好像可以保留創作者的繪畫筆觸與各種技巧效果，然後複製出多張一模一樣的作品，和我玩過的版畫不太一樣。

「版畫歷史雖久，卻一直到一九六零年才訂定相關規範，包含定義、簽名的規則等等，在印刷製作時需由畫家親手，或是畫家本人的監督指導下，取用作品原版執行。印製的數量也是一開始就要確定的，在達到印量後，原版就必須作廢銷毀。」

「妳的意思是……原本作畫的人不在了，石老師也可以代為印製嗎？」

「不管原作畫家在或不在，那幅版畫能夠完成，或許得歸功於石善涯。」

萁蘼捏著下巴認真地說著：

「石版畫需要的材料、工具與機器較複雜，石材需要打磨，過程需要調配與使用會有化學反應的原料，一般人的家裡也不會有版畫壓印機，印刷時的濕度與溫度也需要講究，這對一位非才藝班的高中生來說並不容易，而且露高美術教室也沒有相關的設備。」

明眸機警地眨了眨，彷彿她就在現場看著石善涯老師使用那些版畫設備一樣。

「但藝大畢業的石善涯想必知道怎麼找、去哪裡找版畫工作室協助，於是很難憑一己之力完成畫作的原作者或許就授權石善涯印製了，也有可能這作品原本就是共同創作的計畫……」

「哇，學妹，妳到底是從哪裡知道這麼多的呢？」

徽徽學姊驚呼，但不敢置信的表情瞬間又變成人畜無害的微笑。

「該不會只是隨便猜猜吧？」

「無從證明的話，那確實都是我的臆測。」

茶褐色的眼睛直盯著對坐的學姊。

「所以，我才想聽聽看美術社社員的說詞。」

徽徽學姊曖昧地笑了笑。

「我是高中才讀露高的，兩年前那件事，也是斷斷續續從不同地方聽來的，很不完整呢……」

學姊若有所思地喝了口咖啡，微笑變得有點苦澀，她哀愁地望向我。

「那個時候，心譽學弟突然問起，大家並不是不願意說，而是不能說，畢竟那件事是美術社……是整個露高都不想提起的悲劇。你們聽了、知道了也就好了，事情都過去了。」

學姊拿出手機，向我們展示一張照片，正是那幅石版畫。

「這是我們家收藏的。」

秀氣的手指刻意放大了畫面下半部，淡淡的鉛色寫著「23／24」，代表共二十四幅版畫中的第二十三張。

「石老師離職後，不知道為什麼一直帶著這組版畫東奔西走，到處求人買，我爺爺本來沒有很想理他，看了畫後卻還是買了。」

學姊推了推鏡框，思考道：

「另外，雖然她從沒提過，但我猜——古依家應該也有一幅。」

毫無預警出現的名字令我打了個哆嗦，我趕緊捧起馬克杯，即使熱可可已經涼了，還是希望它能稍微轉移我的恐慌。

「她嘴上老是嫌東嫌西的，但我跟芳郁都知道，其實啊，她很崇拜那位死掉的學長。學長墜樓後美術社差點倒掉，都是當時已經確定直升高中部的她努力讓社團活下來的，還說服了很怕事的莊老師接下指導。」

甜甜的聲音輕描淡寫地說著，我的身體仍在顫抖。

——那個人……曾經拯救了美術社？

——那個人也曾經有個崇拜的前輩？

如果我對畫作的直覺感受是正確的，那去年我在儲藏室找到、後來卻失竊的空色畫集，應該就是那位學長畫的……

「這張習作畫得不怎麼樣。」

只有我和她兩人站在凌亂不堪的美術教室裡時，她明明看著那張被「怪盜」撕下的喜鵲水彩，帶著怒氣嫌棄著。

「學姊，妳曉得那位學長為什麼會跳樓自殺嗎？」

杯裡最後一點可可微微晃漾，如同微風輕輕吹過褐色湖面，看不見自己的倒影。

——**會害我想起畫了那隻喜鵲的人罷了**。

「很多人說他墜樓是因為憂鬱症、想不開、自殺，不過我聽到的是——」

盧徽徽的神情飄飄然的，她如夢似幻地歎息。

「空學長他啊……是被美術社殺死的。」

◆

「心譽學弟，這些達克瓦茲你就都帶回去吧。」

我正望著對街的便利商店招牌發愣時，徽徽學姊突然情緒高漲地喊道，並把裝了剩下點心的紙袋塞給了我。

「新的一年，祝福你事事順心。」

她看起來相當真誠而快樂，像不記得我在社團時遭遇了那些事似的，也彷彿我們剛剛談論的都是些平凡無奇的日常小事，而不是眾人絕口不提更試圖遺忘的過往悲劇。

近晚的氣溫下降許多，我想起萁蘼說的「不要相信太陽」，變了方位的冷風吹得頭有點痛。

「萁蘿學妹，我反而喜歡妳穿這樣紫紫黑黑的，比亮亮的陽光適合妳呢。」

「學姊也很適合今天這身霧霧藍藍的洋裝，像狂野的水彩。」

不懂紅木門前一藍一黑的兩個女生在打什麼啞謎，我按了按太陽穴，祈禱頭痛不會加劇。

空。

整場下午茶環繞在名為「空」的已故學長身上，但是說了那麼久，我依舊抓不住能畫出那些美麗畫作的學長面貌，他就像他的名字一樣，是那晴朗無雲、看不見邊際、自由自在的亮藍色……

最後卻重重墜落地面，結束了還來不及綻放的短暫生命。

雖然徽徽學姊聽到的是「美術社殺死了空學長」，當時的指導老師石善涯因而負罪辭去教職……但我實在很難相信這就是事實真相。

「空學長是自殺的。」

「咦？」

漫步回我家的路上，萁蘿淡淡地輕吐道。

我其實不懂萁蘿為什麼要陪我回家，一般來說不應該是相反的嗎？

「我……也這麼覺得。」

我拉起衣領稍微遮擋後頸，真該穿有帽子的外套出門。

「社團……高中生殺人……怎麼可能發生這種事呢……」

這些話從我嘴裡說出來好像有點怪怪的，萁藹若有所思地看了我一眼，不曉得在猶豫什麼，她似乎不輕易將沒把握的想法說出口。

「盧徽徽聽到的說詞，我認為只是比喻。」

她的雙手插在大衣口袋裡，仰起了頭。

「那幅薔薇石版畫的原作者是空，你之前在美術教室發現的畫冊想必也是空的，我們都見過他的作品，倘若美術社現任社長十分崇拜空的事情是真的，那他想必有著任誰都能輕易看出的才能。」

才能。

藝大畢業獲獎無數的石善涯，寶石般燦爛耀眼的空學長。

薔薇魚鳥的石版畫。墜樓。自殺。他殺。被美術社殺死。憂鬱症。

——才能。

美術教室裡，揭露了一切真相、正義凜然的魔女。

我抬起雙手壓了壓被風吹得亂飛的頭髮，可惜掌心的溫度也沒辦法減緩頭痛。

「……是霸凌嗎？」

我虛弱地說了那個詞，她有點憂鬱地看我。
認為自己懷才不遇，委身於校園教書的昔日明星，意外發掘了擁有驚人天賦的高中少年，於是對他格外照顧、用心栽培，引發其他美術社員不滿、妒忌……又是這樣的故事嗎？
明明討論的是從前的事，心臟卻被看不見的手緊緊掐住。
——為什麼不能一起開心地畫畫呢？
某個東西突然蓋上了我的頭，萁蘬無預警地挨近我，寒風狂妄地吹散她的長髮，我這才再次意識到彼此的身高其實沒有相差太多。
「帽子借你。」
「不、不用啦……我的頭太大了，會弄壞的……」
「你在頭痛吧？」
萁蘬一臉嚴肅，我無法反抗她的堅持，任由她將雪白的蓋耳毛帽戴到我頭上。
不知道是心理作用，還是帽子成功阻擋過於直接的風，頭痛確實不再加劇了。
相對的，心臟的狀況卻愈來愈不好，我開始擔心自己會在走上風鈴木街道的緩坡時暴斃。
「關於那個『Sand』，會不會有簽名以外的可能？」

「什、什麼?」

為什麼她能若無其事地又將話題轉了回去啊?

「版畫上的簽名一般由左到右會是版次、作品名稱、完成日期,最後才是作者姓名,但不管是梅俐姊收到的第二十一號,還是盧柳石買下的二十三號,下方都只有版次、『Sand』字樣和只剩年分的日期。先不討論石善涯印製、贈送與販售那幅版畫背後的動機,如果『Sand』確實代表的是『石善涯』,他都親自挨家挨戶賣畫了,為什麼不使用更有辨識度的簽名?」

「所以妳覺得『Sand』是作品名嗎?可是看畫面主題好像跟『沙子』沒有關係,還是『Sand』有其他的意思?」

很多時候藝術家為作品取的標題,也不打算讓大家一看就懂。

「除此之外,梅俐姊第二十一號版畫背面的卡片也是。」

被風吹開的瀏海下,可以清楚看見她秀麗的眉毛糾結成一團。

剛才我們向徽徽學姊確認過,她爺爺盧柳石收藏的二十三號版畫背後是不是也有詩句般的小卡,學姊說她從沒看過那樣的東西,但也不排除她爺爺收到畫就取走卡片了。

「空其他的作品都消失了這點……我也有點在意。」

還有空的本名。徽徽學姊也只知道大家都叫那位學長「空」,並不曉得他的本名。

回家的路非常短暫，天空仍輝映著些許金黃時，我們已經抵達我家門口了。

「我會再確認空學長的背景資料，有新發現再通知你。」

「有什麼我能幫上忙的嗎？」

我急切地問，萁蘼有點困惑地歪了頭，很快又投予我淡淡的笑容。

「你就先好好休息吧，不要感冒了。」

互道再見與新年快樂後，我迅速鑽進玄關，關上門，像剛跑完百米似地大口喘氣。

屋內瀰漫著蘿蔔湯的香味，紅嬸快步走了出來，用一種奇怪的眼神歡迎我回來。

「哎呀，小譽，你頭上的帽子是哪來的啊？」

「帽子？」

我糊裡糊塗地往頭頂一摸，柔軟的觸感喚醒我不久前的記憶，腦殼裡的悶痛頓時煙消雲散。

「糟了！忘記還給她了！」

我放下裝著點心的紙袋，慌慌張張地又拉開大門。

第九章　詩意的怪物

萁藹這兩天出門都戴著這頂白色毛帽……應該是她很寶貴的東西吧？

雖然也可以過幾天碰到再還給她，但我實在沒辦法滿不在乎地把有她氣味的東西擺在家裡啊。

「——妳到底為什麼要這麼做？」

快要抵達到社區大門時，一個我再熟悉不過的女聲憤怒地大喊著，我反射性地靠向一旁的桂花圍籬，小心翼翼看向聲音來源。

不遠處，黑髮少女背對著我，雙手仍插在大衣口袋裡，綁著馬尾的育熙憤慨地瞪大雙眼，她穿著輕便的運動服，小巧的單肩包斜背著，什麼都沒帶的雙手緊緊握拳，口罩岌岌可危地掛在右耳上。

我一時無法理解眼前的情況，育熙和我約好初六碰面，還會帶來令人戰慄的異國伴手禮。

可是，今天才初五。

那身自從小學畢業後就沒在我面前出現過的隨興打扮……是育熙風格的機場時尚嗎？那從我有記憶以來就常聽見的洪亮怒吼，通常是對著欺負我的同學發作，但她現在面對的對象卻是……

「——我沒有委託妳繼續下去啊！」

委託？什麼意思？育熙曾經委託過萁蘳嗎？我怎麼從沒聽她說過這件事呢？

她委託了什麼？總是大剌剌的她，也有我不知道的煩惱嗎？

我緊張地蹲到桂花叢後方，盡量藏住自己的身軀，豎起耳朵聽著。

也許是萁蘳背對著我，也可能是距離還是有點遠，雖能隱約聽見萁蘳的嗓音，但完全聽不清楚她說了些什麼，使得場面就像育熙單方面在發怒一樣。

「跟我說他不對勁的是妳！提議我們一起帶他去散步的也是妳！妳不也跟我一樣希望他快點好起來嗎？為什麼要在我不在的時候帶他去調查那些事呢？」

育熙激動地說著，我不敢偷看她們。

「過年是他最痛苦的時候啊！妳說會好好陪他散心的——」

一股想要離開的衝動湧升，可是全身卻僵硬得動不了。

她聽起來快要哭了，還是已經哭了？我尷尬地盯著手裡的毛帽。

育熙很容易發脾氣，可是我幾乎沒看過她哭。

「我不懂，像之前調查狼人殺那樣不好嗎？妳應該常常接到各式各樣的委託吧？」

我能夠理解育熙的擔心，不管是上個學期末美術社千方百計地邀我回社團，甚至是團圓飯時聽見那個人的名字，這些微不足道的事都足以讓我失去控制，瞬間墜入寒冷湍流。

如果能一直一直避開這些會使我發作的因子，我能更快恢復正常吧……育熙應該是這麼想的？

「他好不容易離開了……為什麼妳還要讓他跟美術社糾纏不清呢？」

充滿鼻音的嗓音不再大吼，她說出的一字一句卻更加清晰。

「妳……真的有在為心譽著想嗎？」

我緊抓著雪白的毛帽，我不知道帽子主人的立場，也不知道自己為什麼會答應參與其中，是想要知道美術社的秘密嗎？想要再見到石善涯老師一面？還是……

想當魔女的助手？

——可是，我已經有進步了吧？

徽徽學姊出現時，我的手腳沒有麻木僵直，也能正常地與她四目相交，還收下她帶來的點心。我們對話時，就算談到了美術社，談到了那個人，聽見了她的名字，在心頭一緊後，我的身體沒有繼續產生其他異狀。

——我很努力地……進步了吧？

「——抽一張。」

育熙似乎冷靜了下來，她像要決鬥一樣，喊出我再熟悉不過的指令。

我戰戰兢兢地探出頭，棕髮的她與黑髮的她沐浴在西斜的陽光下，身後是整排光禿禿的風鈴木。

育熙堅定地伸長手臂，她的手上想必握著那副有著點點星辰的塔羅牌。

不知道從什麼時候開始，育熙有了隨身攜帶塔羅牌的習慣，那不只是為了替身邊的朋友解惑，一旦她自己遇到無法理解的狀況，碰到無法抉擇的難題，她便仰賴抽牌給予提示。

小豆色衣袖下露出蒼白的手，豪不猶豫地選了一張。

萁蘼似乎沒有看牌面，而是直接向育熙展示了結果。

那瞬間，我以為自己看錯了。

豆大的淚珠如雨般潸然落下，育熙漲紅了臉，一把搶走那張牌，越過萁蘼，頭也不回地快步跑開。

黑髮少女垂下頭，手又收回口袋，默默踏上與育熙相反的方向。

平靜的社區大門前，只剩下捲入其中卻沒有勇氣登場的我，以及被手汗玷汙而無法歸還的純白帽子。

⬟

隔天，育熙沒有依照約定前來拜年，但她特地準備的伴手禮一早就送來社區了。

心譽，對不起啦，我下飛機後才知道我們家初六一早要去拜拜，改天再去找你唷。新年快樂！

吃完早餐，我坐在餐廳猶豫著該不該打開那袋危險的禮物時收到了她的訊息，還有十來個道歉的動態貼圖連發，一下是眨著水汪汪大眼的鴨子，一下是趴倒在地不停求饒的小狗，一下又變成坐在辦公桌後，趾高氣昂閃爍著「啊我就很忙啊」匾額的搞笑貓咪貼圖，像在炫耀自己擁有的貼圖數量。

這些貼圖愈可愛搞笑，我的心情愈沉重。

明明知道她不開心，卻無法說出任何安慰她的話，此刻的我連貼圖都不敢亂回，總覺得我會蠢到被她發現自己目睹了昨天那場風暴……

另一位當事人今天也沒傳來任何的訊息，她的帽子已經洗好了，正在晴空下曝曬，暫時沒辦法還給她。

「唉……」

我無力地趴倒在餐桌上，窗外的樹綠油油的，不時傳來鳥兒歡快的鳴叫，寒流一走遠，四處頓時變得鳥語花香。

莫名想念紅嬸舉著吸塵器邊唱歌邊到處跑的噪音，她做完家事便興沖沖地去買菜了，家中的寂靜更顯得鳥叫是多麼地猖狂。

「做點什麼事好了……」

我抓起育熙的禮物倒扣，拿開紙袋後，出現的一包又一包榴槤乾堆成的小山，隱隱散發出不祥的味道。

拍攝一支開箱榴槤乾的吃播影片傳給育熙，她會不會開心一點呢？

然而，嚴重缺乏勇氣和決心的我，只從山裡抽出了唯一的紙盒，笨手笨腳地拆開畫有猴子跟香蕉的包裝，裡面是一根根黃澄澄的細長餅乾棒，有著香蕉香味。

「嗯……好像滿安全的……」

咀嚼著香蕉巧克力餅乾棒，無所事事地滑著手機，網路上熱鬧流竄的訊息和前幾天並沒有太大區別。

像是想反抗什麼一樣，我突然心血來潮，搜尋起「凶宅魔王」四個字，光是新聞就將近兩千項結果。

「凶宅魔王」是棟住商混合，樓高十四層的舊大樓，幾乎每個月都至少有兩三起事件登上社會新聞，除了不斷發生的非住戶墜樓案，過去作為飯店和餐廳經營時也屢屢發生大火，各種奇異的傳聞層出不窮，但是目前仍有不少住戶長年居住，他們也對於自家住宅變成「自殺勝地」表示萬分無奈。

在幾個熱門的網路論壇上充滿討論，有的人說那裡幾次大火死去太多人，加上大樓內部構造太複雜凌亂，冤魂無法離開，才會一再發生憾事；也有人說因為大樓老舊又缺乏管理，租金實在非常便宜，所以裡面龍蛇雜處，很多毒販或是社會邊緣人士居住；還有人推測網路上可能存在一些教唆自殺的群組，故意引導有輕生念頭的人前往那裡……

滑著滑著，總覺得室內溫度下降了不少。

我咬斷餅乾棒，清除了「凶宅魔王」的搜尋紀錄，再繼續看這些恐怖的謠言，等一下整個人又會開始不舒服了。

手指下意識點開照片，最新幾張停在梅俐姊烤的點心上，她不僅強迫我們試吃，吃之前還逼我們先拍照，並一一指導每張構圖與調色，現在回看這些心血，好像又重回了那個充滿甜點香氣的午後。

然後，薔薇的版畫映入了眼中，那是展開甜點鑑賞會前，我隨手翻拍的照片。由於光線昏暗，翻拍有點模糊，不過還是能喚醒盯著原畫時的那股悸動。

腦袋突然鑽進一個念頭。

雖然不知道這幅畫的名稱，也不曉得空學長的本名，但也可以試試看以圖搜圖的功能呀！

我再次開啟搜尋頁，上傳那張翻拍的版畫照片，數秒後，比「凶宅魔王」少了千百倍的搜尋結果跳了出來，縱使看起來有用的條目只有兩三項，但我沒想到這麼做竟然還真的能找到一模一樣的圖片！

第一個搜尋結果連結到的是家畫廊官網。

網站非常簡樸，頁面同時秀出十幅畫作，熟悉的版畫位列其中，翻拍的照片相當清楚，可惜無法放大查看細節。圖片下方註明的畫作名稱是《無題》，除此之外，只提供了還能購買的版次，與「價格須洽詢，歡迎現場賞畫」的資訊，網站刊登的其他畫作全都有著標題、媒材和作者大名，這件《無題》是唯一例外。

「還有六、八跟二十二……要打電話問問看嗎？」

我又抽了根餅乾棒，陷入猶豫。

——還是再看看其他搜尋結果吧……

另外兩個連結分別導向不同的拍賣網站，但內容完全一樣，連翻拍照都是同一張，不過拍照技術就沒有畫廊專業了，商品名「裝飾畫魚鳥薔薇石版畫平版畫小尺寸掛畫手工印製稀有珍品收藏禮物」既長又沒斷句，售價故意設定成沒人敢下標的天文數字，商品介紹欄充滿「勿直接下標」、「下標前先傳訊詢問」一類的警語，兩個網拍商品標註的版次都是二十號，出貨地則是海外。

「詐騙嗎……」

打電話洽詢什麼的還是晚點再嘗試吧，現在的我實在沒有力氣和陌生人通話，而且萬一對方誤會我是買主怎麼辦？或是發現我沒有要買就不理我了怎麼辦？

我只敢在兩個拍賣網站傳送提問給賣家，數秒後火速收到回覆，點開發現是內建的罐頭回覆，看來得等上一段時間才會有後續了。

我嘆了口氣，扔下有點發燙的手機。

要當魔女的助手果然不容易，光是找資料就夠累了，萁蘙到底是怎麼調查的呢？

「還把那些資料作成剪貼簿……」

再看向那堆榴槤乾山，身心都更疲倦了。

——網拍第二十號版畫的賣家會不會就是石善涯老師呢？

如果是的話，找個理由要求和他面交，是不是就能見到他本人了？

「可是出貨地點是海外啊……難道離職後出國了？」

畫廊那邊呢？委託代售版畫的人也是石老師嗎？畫廊的人會知道他的下落嗎？

「對了，應該記一下畫廊的地址……」

重新拿起手機的同時，正好收到新訊息，萁蘬傳了圖片過來。

然而，點開後看到的卻是張模糊過頭的照片，似乎是匆忙中捕捉到的晃動畫面。我半瞇起眼睛，一度懷疑是不是ＡＰＰ出了問題，反覆觀察下，我忽然一個衝動將整支手機反了過來。

上下顛倒的照片頓時顯露了主體，像是某棟建築物靠近入口的局部畫面，混沌不清的景象散發出陰森氛圍，寒意油然而生。

這個場景不就是我剛清除掉搜尋紀錄，那棟謠言紛飛的危險大樓嗎？萁蘬自己一個人跑去那裡了？

受到衝擊的我正要打字，萁蘬竟然收回那張圖片，我趕緊按下語音通話，但響了半天卻沒人接通。

心臟被焦慮纏繞，那張已經不存在的朦朧影像如幻影般盤旋眼前，我隨手抓起外套，疾步奔出家門。

手機導航顯示離目的地只剩一個路口的距離了，我快速向前跑，躲入騎樓陰影中靜待最後一個紅燈。

車水馬龍的街道籠罩在耀眼的太陽下，與我此刻的心情形成強烈對比。我再次確認地圖上的圖示，對街那棟拔然挺立的破舊十四層樓高建築，正是傳聞中的「凶宅魔王」。

心中的不安催促著遲遲不肯變色的交通號誌，在抵達這裡之前，我從沒想過那棟可怕的大樓竟然座落在市區補習班最密集的地方。

地處多個學區、學校的交界處，放眼望去到處都是五顏六色的補習班招牌，唯獨「凶宅魔王」異軍突起，一樓被隔成一間間小店鋪，初六上午仍未開門營業，二樓以上就算有招牌也全破損不堪，窗戶是最深沉的黑色，外牆磁磚醜惡斑駁。

——都發生過那麼多事情了，應該拆掉那棟大樓吧？

不敢想像坐在鄰棟教室上課時，目睹他人自高空墜落會產生多大的心理陰影，但任誰都會擔心課業壓力繁重的學生會想不開跑上去吧……

我不斷掃除腦海浮現的各種可能性，在心中默默祈禱著，希望萁藹沒有將自己置於危險之中，希望那張令人擔憂的照片只是誤會，不是什麼不祥的訊息，更不是某種可怕的警告……

奔馳的車輛停了下來，號誌即將轉變為綠燈，我作好衝刺準備。

「尹心譽！」

熟悉不過的清亮嗓音忽地響起，我差點被踏出去的腳絆倒。

我掛念的黑髮少女竟在自己身後，她依然穿著那件小豆色大衣，看起來剛從一旁的速食店走出來，小臉上的茶眸有點詫異，我也目瞪口呆地望著她。

「我傳了好多訊息。」

她走向我，口氣急切地說。

「啊……對不起……我顧著看導航……」

我急忙低頭確認，在我慌亂地奔跑時，萁蘙傳了數封訊息給我，密密麻麻的文字此刻的我一封也讀不下去。

「時間差不多了，我們走吧。」

「咦？不是要去對面調查——」

萁蘙轉身往大樓反方向走，我急忙跟上她。

「不是。」

雀茶色的眼眸瞥了我一眼，她冷靜地說道：

「我們去拜訪空學長的家。」

在大街上走沒多久，萁薹便轉進巷弄裡的住宅區。

只隔一條街卻像完全不同的世界，這裡安靜無聲，還有幾座小公園，周遭都是華廈與老公寓，或許是鄰近文教區的緣故，和萁薹之前帶我去的徵信社老城區很不一樣。

「萁薹……是怎麼知道空是空學長家地址的？」

徽徽學姊也只知道空是空，不曉得他的本名，更別說是地址了。

「我查了那屆的高中部入學名單，從中篩選出最有可能的選項，並且與網路搜尋到的資料交叉比對，確認了他小時候參加比賽的資料，雖然不多，找一找還是有的。」

萁薹開始一一確認附近住宅的門牌號碼。

「然後，打了通電話給莊老師。」

「莊老師願意提供？」

「我向她說出我的推測，她才肯透露。」

萁薹淡然的口氣突然哀沉下來，她小心退出兩側停滿摩托車的走道，轉身往下一棟公寓前進。

「莊老師……應該跟其他人一樣，都不希望這件事再被提起吧……」

「嗯。所以我答應她，在找到石善涯之後，就會當作從沒聽過這件事，也不會告訴任何人。但相反的，如果她不願意提供任何她知道的線索，我會在開學的某天找個良辰吉時，將我的推測詔告天下。」

這是在威脅老師嗎？上學期她闖進美術教室，在那麼多人面前揭發美術社在霸凌我，當時她手裡也握著莊老師的簽名，那不會也是用類似的方式得到的吧？

「就是這裡。」

萁蘦對我微微一笑，按下公寓門鈴。

「哪位？」

一個有些低沉的女性嗓音冷聲應道。

「您好，我們是露草高中的學生——」

萁蘦用一種我從沒聽過的歡快聲線說著，乍聽就像開朗的平凡女孩。

「……有什麼事嗎？」

「我們是校刊社的社員，正在寫一則關於高中生心理健康的文章。」

我震驚地望著彎腰對對講機談笑風生的萁蘦，沒想到她能輕易說這種謊言。

「查閱資料時讀到蔡學長的新聞——」

萁蘦話還沒說完，對方立刻用力掛掉對講機，中止了對話。

「對方……是不是不答應啊？」

「她會答應的。」

萁蘐站直身子，甩甩頭髮，臉上的笑意早已消失，她不以為然地說：

「我還有很多備案。」

備案？什麼備案？換個社團換套說詞嗎？

我還沒聽到萁蘐其他的備案，嘟地一聲，公寓的鐵門便自動解鎖彈開。

「三樓。」

萁蘐指示道，領著我走進樓梯間。

「……我也要說自己是校刊社的？」

總不能說是美術社的吧……先不論我已經不算是了，對方還是空學長的家人，她說不定知道空學長跟美術社之間發生了某種狀況，那感覺是不能隨便提到的詞彙。

「都可以，請隨意。」

這棟公寓雖然也是老式，看起來比之前徵信社以及育熙的家再新一點，樓梯間很寬敞，帶綠色的洗石子樓梯也很平緩。

「那個……妳是校刊社的嗎？」

「我是登山社的。」

「——啊？」

怎麼看都是室內派的魔女居然會說出這種答案？

我還想繼續問下去，但是三樓已經到了，左側的門正開著，一名非常瘦削單薄的短髮女子幽幽地站在門口，寬鬆家居服下的膚色蒼白到有點泛青，她的眼神空洞，如果不知道那戶就是我們目的地的話，我恐怕沒有勇氣在她的凝視下繼續往樓上走。

「打擾了。」

萁蘼又換上稀罕的親切笑容，我有點懷疑登山社這個答案跟校刊社一樣是隨便說的，她若說是自己是戲劇社我可能真的會相信吧。

「您好……」

我緊張地鞠躬。

瘦削女子沒有說話，像一陣煙般，輕飄飄地走了進去。

給客人的拖鞋已經準備好了，我們換好鞋，踩上擦得油油亮亮的實木地板。屋內裝潢簡單，東西非常少，瀰漫著一股令人放鬆的線香氣味，客廳沒有沙發，只擺了張北歐平價連鎖家具店的招牌方桌和兩張椅子，一台看起來很重的筆記型電腦擱置在桌上。

女子從廚房搬出兩張板凳，隨手放在桌邊，示意我們坐，自己則坐到筆電前的椅子。從屋內的擺設來看，她似乎是一個人住，她會是空學長的誰呢？姊姊？媽媽？阿姨？單憑外表有點判斷不出她的年紀……

「謝謝您接受我們的採訪，今天的訪談會完全尊重您的意願，撰寫成文章後也會給您審稿，待我們雙方都確認無誤，才會刊登在下一期校刊上。」

萁蘼的語調輕快，我非常不習慣，謊稱身分這件事也讓我很不自在。

「你們真的是校刊社的嗎？」

嗚哇……是我演技太爛，被她看穿了嗎？

萁蘼閉上嘴，不再嘰嘰呱呱說著校刊社，用我習慣的神色迎上女子冷酷的視線。

「初次見面，傅紫玉女士。我們正在調查兩年前蔡俊威學長的事。」

傅紫玉？蔡俊威？誰？

「妳既然知道我是誰，怎麼不先打通電話再過來？」

「若先致電給您，您也會替我們開門嗎？」

被稱為「傅紫玉」的女子看起來很不開心，她癟嘴瞪視來勢洶洶的黑髮少女。

「說吧，你們想問什麼？」

萁蘼不慌不忙地掏出手機。

「您見過這幅畫嗎？」

傅紫玉本就突出的眼睛更驚悚了，不管她是空學長的誰，這兩年來究竟過著什麼樣的生活啊……

她搖搖晃晃地站了起來，走向昏暗的走道，一言不發打開第一扇房門。

萁蘿拉拉我的衣袖，豪不猶豫地起身過去，我趕緊跟上。

「俊威的房間。」

傅紫玉環抱著雙臂，有些憂愁地說：

「其中一幅……我掛在那裡。」

「我們……可以進去看看嗎？」

我小聲問，傅紫玉點了點頭。

我們屏息走了進去，這間方方正正的臥室四面牆與天花板都是淡淡的藍色，窗簾與床品則是靛色的，書桌上的文具與高中一年級的課本井然有序地排列，熨燙整齊的露草色制服外套與西裝褲吊掛在牆上，房間像是仍有人在使用般整潔，只是陽光灑落進來時，閃閃發亮的塵埃道出了真相。

床頭上方的畫框裡鑲嵌著那幅石版畫，露草色薔薇與洗淨的制服相互輝映。

「十七……」

萁蘿和我不約而同讀出左下角的數字。

「您說這是其中一幅，難道還有其他的嗎？」

在我又一次被那幅畫勾住魂魄時，萁藹好奇地提問。

「只有那張，俊威的畫全沒了。」

「也沒有其他的版畫？」

傅紫玉的目光在我們倆身上來來回回，她停頓了一會兒才又繼續說：

「那件……有一幅在我前夫那裡……」

「您曉得版次嗎？就是下方的編號。」

「你們在調查什麼？」

傅紫玉警戒地問，她帶有一種神經質的氣息，我有點不安。

「露高美術社前任指導老師——石善涯的下落。」

沒想到萁藹毫無畏懼地直說了，我緊張地吞口口水。

凹陷的臉上揚起怒氣，但很快又消散了，傅紫玉無力地嘆道：

「前夫那張的版次……我要看一下紀錄。」

語畢，瘦削的女主人就像幽靈一樣拖著腳步走了出去，我放鬆地呼了口長氣，然後輕聲問：

「空學長就是蔡俊威？剛剛那位阿姨是他的媽媽？」

「嗯。」

萁蘼無謂地點點頭，她似乎在沉思些什麼，澄澈的雙眸環顧著房間。

「這裡有點奇怪。」

「妳是說……好像故意維持著有人使用的模樣嗎？」

我邊說邊打了個寒顫，想起空學長母親彷彿活在別的時空似的飄忽樣貌。

「而且……她剛剛是不是說到『前夫』？」

所以空學長的父母已經離異了？家裡確實看不出任何一家三口一起生活的痕跡，也完全沒有照片，客廳裡的東西少得冷清，而只有空學長的房間被原封不動地保留下來，維持著他生前的……咦？

我困惑地看看四周，不知道為什麼這個普通的男生房間，隱隱給我一種不協調感。

「每個人在至親逝去時面對的方式都不同，不願意觸景傷情，又或是欺騙自己活在對方仍存在的世界裡……我覺得那無謂對錯，但是，你不覺得很奇怪嗎？」

如寶石般的眼眸輕輕眨動，萁蘼嘆息似地說：

「這裡沒有任何的美術用具。」

我恍然大悟，這就是那股不協調感的來源！不是存在什麼，而是缺少了什麼。

「那麼喜歡畫畫……那麼會畫畫的空學長……應該很寶貝那些畫具的，比起課本更重要……會是被他媽媽丟掉了嗎？」

如果就像徽徽學姊說的一樣，學長之死是因為美術社，那學長媽媽對美術社抱有負面情感，於是將學長鍾愛的繪畫工具甚至畫作都——

「十九。」

低沉的嗓音飄了過來，我嚇得差點倒在床上，傅紫玉無聲無息地來到門邊，面無表情地說：

「他的版畫是十九號。」

「**衷心的喜悅**……」

萁蘼沒頭沒腦地喃喃著，我正想提問，傅紫玉卻強硬地質問：

「好了，現在可以告訴我——那幅畫和那個人究竟有什麼關係了吧？那個數字有什麼別的含義嗎？把你們知道的都告訴我。」

「那個……我們……」

「還有，為什麼要找姓石的？妳們和他是什麼關係？不會是他的學生吧？」

「您多慮了，我們與石善涯素未謀面。」

萁蘼義正嚴詞道——對她來說是素未謀面，可是我和他十年前可能見過一面啊。

「有位很照顧我的姊姊有一樣的版畫，她想知道版畫背後的故事，才委託我調查。」

萁蘼不會是很擅長說謊的人吧？雖然我不知道梅俐姊是不是私下委託了她……她倒

也技巧性地避開梅俐姊曾和石老師是情侶一事。
「妳那姊姊為什麼會有俊威的版畫？買的？別人送的？」
「這我會再跟她確認。」
「八成是買的吧。呵，那個人果然只想利用俊威的才華，連他不在了還要拿他的遺作賺錢，畫上連他的名字都不肯寫……」
「是、是這樣的嗎？可是當代的畫不太可能——」
我講不出那幅版畫可能賣不了太好的價格，就算它真的異常美麗，但畫家沒沒無聞，又已經不在世上了，而且也沒有其他畫作流傳……
「那都是他的陰謀！他奪走了俊威所有的畫，把它的畫都藏了起來，然後到處散布這件石版畫……一定是他的陰謀，他一定是想藉此炒作，等有話題性後再露面，聲稱俊威的畫都是他畫的……」
傅紫玉靠著門板頹喪地說著，凸眼看起來在哭，嘴角卻又勾著笑意。
「他在俊威走了後，寄這些版畫過來就是為了嘲笑我……嘲笑我這個被兒子厭惡、被兒子痛恨的母親……」
「俊威學長什麼時候開始不住在這裡的？」
萁蘿猝然問道，我驚恐地看向她。

她怎麼知道空學長不是住在家裡？莊老師告訴她的嗎？可是兩年前莊老師還不是美術社的指導老師啊？

傅紫玉抿緊雙唇，不願多談，萁蘙逕自說了下去：

「高一上學期？不……應該是學期結束，開始放寒假的時候吧？他不想待在家裡，也不願去學校，於是帶著畫具，以學畫為理由——」

學長的母親憤恨地閉上眼睛，牙齒咬著下唇，像在忍耐著什麼，我輕拉萁蘙的衣袖，但她仍堅定地繼續說著：

「——住進石善涯的家中。」

「萁蘙……別說了……」

「連同他所有的畫作、習作都一起帶去了。」

端正秀麗的五官鬆懈了下來，萁蘙看起來有些憂傷。

「所以，或許不能說是石善涯奪走了學長的畫。」

「但他終究把所有的畫都藏起來了，他不肯還給我啊！」

沙啞的嗓音激動地吼道，萁蘙毫不退縮地盯著猶如鬼魅的傅紫玉。

「只給了我那幅版畫……我知道他也給了其他人……俊威讀過的學校……我的前夫……還拿給藝廊隨意銷售……賣給那些跟俊威一點關係都沒有的人、沒有任何羈絆的人……我只是二十四分之一而已，我這個生下他的母親就只是二十四個人中的一個！石善涯就是在嘲笑我，在教訓我。」

時而低泣，時而怒吼，傅紫玉起伏過大的情緒嚇出我一身冷汗。

「版畫雖然是石善涯寄的，但是給您十七號是俊威學長決定的。」

「俊威那時候已經不在了！他怎麼決定？要做什麼決定？他只是個孩子啊，他能做什麼決定？絕對都是石善涯幫他決定的，都是他決定的……是他拐騙了俊威，他用他美術老師的身分和權勢騙了他！」

「——您看過跟版畫一起寄來的卡片嗎？黏在畫框後面的那一張。」

「那個人選的框毫無品味，我一收到就換了框了，卡片早就一起扔了。」

「原來是這樣啊……」

萁蘼失落地垂下肩膀，她緩緩走出空的房間，我躡手躡腳地跟在她身後，經過傅紫玉面前時，我的心臟幾乎要停止了，深怕她會突然失控做出可怕的舉動。

「**巴黎聖母院一處的情景……**」

黑髮少女在大門前停下步伐，她像誦讀詩句經文似地喃喃自語。

我盯著仍在顫抖的傅紫玉，暗影中的她似是隨時都能被風吹垮的枯枝。

「連克拉拉．舒曼（註13）都非常喜愛的這首前奏曲，絕對是俊威學長指定要送給您的。」

萁蘙翩然轉身，露出苦澀的笑容。

「畢竟柯爾托為這首曲子下的標題是——〈那時她對我說：我愛你〉。」

瘦削的傅紫玉摀住了枯槁的臉。

「他是自己決定了自己的死亡，是他自己殺死自己的。請您不要……再認為露高校園裡全是滿懷惡意的人……」

長長的睫毛在她眼眸上映出淡影，雖然有些猶豫，萁蘙還是盡可能用最溫柔且最誠摯的口吻說著：

「也請您別再認為是自己殺死了他……不是您殺死了多納泰羅……」

萁蘙率先開門走了出去，在我被她最後那句話搞得瞠目結舌時，大門後方掛著的湛藍提袋蠻橫地闖進我眼裡，上面印著「卓群學堂文教機構」八個字與繞著行星運轉的衛星圖樣。

門關上的瞬間，屋內傳來撕心裂肺的哀鳴。

就像那夜，自耳機穿透出來的，我永遠忘不了的悲痛狼嚎。

註13：著名德國鋼琴家與作曲家，丈夫為浪漫主義時期重要音樂家羅伯特・舒曼。

第十章　戀人 Lovers

寒假稍縱即逝——對班上絕大多數的同學來說大概是這樣吧。

高中生涯的第二次始業式，和過去的任何一次沒有兩樣，導師時間、大掃除、禮堂開學典禮、唱校歌、午休……唯一不同的是，標榜正式上課的下午全變成「開學複習考」，但顯然沒有人特地為這個考試認真複習，大部分同學迅速寫完考卷後，就趴在桌上補眠了。

而我，仍深陷在露草色的薔薇版畫之中，以助手的身分。

空學長家的那一趟，回想起來仍令我膽戰心驚。

——「多納泰羅」就是空學長？

曾一起在信使號玩狼人殺的多納泰羅，就是空學長的母親傅紫玉？

傅紫玉在空學長過世後，使用了他的帳號「多納泰羅」？

「多納泰羅」究竟是多久以前註冊帳號呢？門後補習班的袋子是空學長的嗎？如果是他的，那不是應該放在房間裡嗎？

「不會是空學長的母親的吧？難道就像萁蘿所說的……她是信使號的員工？」

從沒想過這兩件事會牽扯在一起。

自那之後也過了快一週，這期間萁蘿沒再約我見面，我們只零零散散互傳了幾封訊息，大概像——我提供刊登了版畫銷售的畫廊跟網拍連結給她，她回我「謝謝」——這種跟罐頭訊息一樣乏味的內容。

我有時忍不住懷疑，萁蘿是不是刻意降低我們彼此聯絡的頻率？

那天如果不是她誤傳了「凶宅魔王」的模糊照片，她是不是根本不打算帶我一起去空學長的家？

她是不是顧慮著育熙？還是有其他考量……不希望我再牽涉其中？

「可是……妳邀請了我啊。」

我失落地趴到桌上，新學期的座位從靠教室外走廊的那側，換到離門最遠、窗檯旁的那一側，記得萁蘿在一年信班教室的位置也是這裡，她甚至將旁邊窗檯都劃為自己的領地，堆滿了搖搖欲墜的書塔。

與她相遇的那天，夕陽燦爛，整間教室浸泡在溫暖鮮豔的陽光裡，連凜凜端坐的她也在閃閃發光。

——那時的我好想畫下那一幕。

我盯著考卷的空白處，鉛筆直指著紙面，剛塗完答案卡的筆尖有點鈍了。忖度著該不該下筆，猶豫著該如何下筆，懷疑著自己能不能下筆……不知不覺，放學的鐘聲救贖似地響起。

考卷上空白的地方依然是白的，沒有成為我的畫布。

我還是沒辦法畫，就算想畫，也畫不了。

考卷被收走了，我也收拾好書包，裡面只有幾張通知單、皮夾和鉛筆袋，新學期的課本全堆在抽屜裡。

育熙沒有來找我說話，她抽到講桌正前方的座位，正被一群七嘴八舌的女生包圍，大概又在算塔羅牌了吧，過了個寒假，學期才剛開始，到底有什麼好算的呢？

我抱著難得很輕的書包，拿不定主意該不該主動找育熙說話，那天之後傳任何訊息給她，就算是我哭喪著臉啃榴槤乾的照片，也都只換來她沒完沒了的貼圖秀。

——有點孤單啊……

我孤身離開教室，獨自踏上回家之路，就在快抵達校門口時，手機忽然震動了一下。

捷運站見。

簡短的四個字像某種神奇的魔法，我急忙撥電話給等著接我的藍叔，原本的孤寂感頓時被滿盈的期待取代。

我奔出校門，腳步輕快地趕往捷運站的方向。

魔女的私語召喚了我，而我無力抗拒。

⬢

走進捷運車廂時，很幸運地剛好遇到兩個連在一起的空位，我們肩並肩坐下。

懷裡抱著空空如也的書包，肩上卻莫名多了看不見的重量，壓得我有點喘不過氣。

萁蘳一如往常冷淡，她沒有背書包，只帶了扁扁薄薄的深藍色帆布袋，輕鬆地擱在大腿上，幾乎與百褶裙合而為一。

「那個……我們現在要去哪裡？」

「畫廊。」

「我查到的那家？」

「嗯。那裡能確認所有版畫的下落。」

萁蘳從袋裡抽出一張紙，轉遞給我，紙上印著許多格子，最左側依序寫著一到二十四，第二行則是一些夾雜外文的文字，最右側的備註欄位上，有的打了勾，有的畫了問號。

「收到你的訊息時做的表，雖然現在沒必要再糾結這些數字了。」

「什、什麼意思？」

「印製版畫、寄送版畫、販售版畫……對空學長的母親傳紫玉女士來說難以理解，但那大概就是石善涯紀念空的方式吧。下方簽上的『Sand』，當作簽名、看作『善』的意思也好，視為版畫的標題也罷，我想將這個詞連同他寄送與銷售版畫的行為、藏起畫的行為，都解讀成石善涯故意留下的謎題。」

「謎題？」

「只要解開，就能夠找到他的謎題。」

本來心情有點亢奮的我，馬上就被萁蘬的話語搞糊塗了，我困惑地檢查那張表，依然無法理解她的意思。

「或是說，解開謎題，就能找到他與他藏起的畫。」

「難、難道……版畫是暗號嗎？」

暗號解謎不會是石老師帶給美術社的傳統吧……

「就算沒察覺版畫隱藏的含義，也能從畫廊打聽石善涯的下落。」

蔥白的手指輕托著下巴，她面無表情地說著：

「畫作不大，就算裱了框，獨自搬運寄送也不是什麼難事，不過我認為石善涯還是會依地緣之便來選擇代售的畫廊，而且對方應該不認識他，很有可能是離露高與藝大有段距離的地區，一些比較在地的畫廊。他失去教職，沒了工作，消聲匿跡，應該挺省吃儉用的，做事想必會親力親為。」

萁蘼邊說邊思索著，說她是闡述自己的推測或假設，我反而覺得更像是在腦海中想像出情境，模擬石善涯的性格，最後以言語說出來。

「所以，他很有可能是在某條即便徒步運畫，也不怕被別人認出來的地方，而你搜尋到的畫廊也與這些條件吻合，那裡從以前就是藝術家、音樂家、文人雅士特別著迷的北部小鎮，不過石善涯大概沒料到老畫廊也會翻拍照片放上網路吧。」

茶晬認真地盯著我，讚許似地微微一笑，我急忙低頭繼續研究那張表。

「只要向畫廊表示十分欣賞這位畫家，希望登門拜訪、訂製畫作或是高價收購更多作品之類的，除非石善涯特別交代不能洩漏自己的行蹤，要不然不知情的畫廊應該很樂意牽線引薦才對。」

「如果畫廊的人不願意告訴我們呢？」

「那只要解開版畫的秘密就可以了，石善涯其實給了非常清楚的方向……那幾乎等同於答案了，或許對收藏畫的人們來說太過詩意而被忽略了，也可能是被紙片上其他易懂的文句轉移了注意力。」

「妳是指貼在版畫後面的小卡片嗎？」

我不解地偷偷看向她，她早已轉過頭，盯著橫桿上隨捷運行駛不斷晃動的拉環。

「西方浪漫時期之後，常有音樂與文學結合的作品，那些沒頭沒尾、像詩又不像詩的句子，其實是樂曲的標題，但不是作曲家本人賦予的，而是由其他名家依照自身觀點的詮釋。德國音樂家漢斯・馮・畢羅男爵與法國音樂家阿爾弗雷德・柯爾托，在蕭邦逝世後各自為其《二十四首前奏曲》加上了標題，其中第二十一首畢羅稱為〈週日〉，柯爾托則稱之〈我孤獨回到懺悔之地〉。盧柳石收藏的版畫雖然不知道卡片內容，但應該是第二十三首的標題〈遊船〉和〈水精靈嬉戲〉。」

——咦，蕭邦？

萁蘼突然靠近我，手指輕輕滑過紙張上文字，聲音柔和而堅定，我緊張地屏住呼吸。

「傅紫玉收到的是第十七首〈巴黎聖母院一處的情景〉與〈那時她對我說：我愛你〉，空的父親是第十九首〈衷心的喜悅〉與〈若我有翅，讓我飛到你那方，吾愛〉。傅紫玉後來曾用多納泰羅的帳號傳訊息給我，她說空以前讀過的學校也收過版畫，有些她問到了版次，有些我自行去確認了……」

她取回表格，墊在猶如畫板般的帆布袋上，不慌不忙地掏出一枝筆書寫——

1/24：〈重逢〉、〈狂熱地期待心愛的人〉？

2/24：〈死亡的預感〉、〈痛苦的冥想：那遠處……荒涼的海〉？

3/24：〈藝術如花〉、〈溪流之歌〉？

4/24：〈窒息〉、〈墳墓之上〉——空的塔位。

「塔位？」

「傅紫玉掃墓時發現的，她認為是石善涯擺上的。雖然她無法諒解他，但對於兒子的死，她始終怪罪的是自己，不是石善涯，畢竟……總之，傅紫玉決定將第四幅版畫留在那裡了。」

5/24：〈不確定性〉、〈充滿歌聲的樹〉？

6/24：〈鳴鐘〉、〈鄉愁〉——畫廊。

7/24：〈波蘭舞者〉、〈美好往事如香水般飄於記憶中〉——空畢業的幼兒園。

8/24：〈絕望〉、〈雪降、風號、暴風雪怒吼，都不及我悲痛心中的風暴劇烈〉——畫廊。

9/24：〈憧憬〉、〈先知之聲〉——空畢業的小學。

10/24：〈夜蛾〉、〈落下的火箭〉？

11/24：〈蜻蜓〉、〈少女的願望〉——空畢業的國中。

12/24：〈決鬥〉、〈夜騎〉——卓群學堂。

「卓群學堂也有？」

「空是露高中學部保證班第一屆學生，傅紫玉自那時候到現在都在卓群學堂任職，負責行政教務和網站社群管理。空的學業成績中等，純粹因為喜歡露高的社團風氣而報考，很可惜那年鎩羽而歸，國中三年非常認真準備才得償所願。」

「空學長該不會是為了美術社……」

「家中一直都非常支持他畫畫，傅紫玉說，若不是空的第一志願是同樣很看重學科成績的露高，不然她不會讓他參加補習。」

「那後來……到底發生了什麼事……」

萁蘼沒有多說什麼，她垂下眼睛，繼續完成表格。

13/24：〈失落〉、〈異鄉星空下，思念遠方的至愛〉？

14/24：〈恐懼〉、〈驚濤駭浪〉？

15/24：〈雨滴〉、〈但死亡在此，在陰影中〉？

16/24：〈冥王〉、〈奔向深淵〉？

17/24：〈巴黎聖母院一處的情景〉、〈那時她對我說：我愛你〉——空的母親。

18/24：〈自殺〉、〈詛咒〉——美術社，莊老師。

「莊老師也有？」

「嗯，石善涯寄給她的，更準確地說是寄給美術社。學校不希望這起事件受到關注，也不希望影響到學生，版畫便一直收在莊老師那裡……此外，可能是太殘酷了吧，那幅附的小卡上只寫了『給美術社的禮物』，沒有寫出標題。」

難以名狀的鬱悶湧上心頭。

——〈自殺〉與〈詛咒〉，給美術社的禮物。

這是石老師的決定，還是空學長的安排？是在闡明事件真相，又或是在向曾經對空學長做過些什麼的社團降下詛咒？

明明是那麼美麗的畫啊……

19/24：〈衷心的喜悅〉、〈若我有翅，讓我飛到你那方，吾愛〉——空的父親。

20/24：〈送葬進行曲〉、〈葬禮〉——網拍。

21/24：〈週日〉、〈我孤獨回到懺悔之地〉——萊莉亞，梅俐姊收藏。

22/24：〈不耐煩〉、〈反抗〉——畫廊。

23/24：〈遊船〉、〈水精靈嬉戲〉——盧柳石收藏。

24/24：〈風暴〉、〈鮮血、世俗歡樂、死亡〉？

萁蘼完成了表格，將有著她親筆註記的紙張交給了我。

「等等先詢問畫廊知不知道這幾幅打上問號的版畫下落，應有很大機率是由這家畫廊售出，大概早被收藏了。」

工整的信息在我眼裡仍是一片迷霧，我茫然地嘆了口氣。

「我們真的找得到石老師嗎……」

「找得到的。」

她斬釘截鐵地說，不像在打氣加油，是真正相信自己所說出的話語。

「而且就是今天，只有今天可以。」

「今天？可是還有十幅不知去向呀……」

萁藹將充作墊板的帆布包抱入懷中，側著頭，露出和煦卻又有點苦澀的微笑。

「只要找到鋼琴，你就能再次見到他了。」

⬟

「沒想到畫廊兩年內居然賣出了這麼多幅空學長的版畫。」

我們走出位在淡水老街尾段古色古香的畫廊。說是畫廊，其實更像一處提供大家聚會、展覽的藝文空間，一樓與地下室展覽畫作，二樓則可辦活動或當教室使用。

空學長的石版畫掛在地下室的展間，就算周遭全是水墨與書法，薔薇簇擁著的魚和鳥卻一點都不突兀，淡淡的鉛筆字寫著1／24。

畫廊的負責人沈阿姨是位氣質高雅的女士，她告訴我們，過去售出了二、五、十、十三、十四、二十四共六幅版畫，第二十四號還是過年前剛被訂購。

「三和十六不是我賣的，兩年前提供畫作給我們的那位，有說這兩件已經被人收藏了。如你們在網站上看到的，我們這裡除了展示的一號外，只剩下六、八和二十二，一共三幅。」

沈阿姨用一種憐愛又悲憫的神情看著空的版畫。

「這幅作品實在很神奇……等我們賣完所有版畫，一號就得還給那位賣家，一想到那天恐怕不遠了，就愈捨不得這幅畫呢。她的顏色不鮮豔，技法也不是特別突出，卻有著將人的靈魂吸進畫裡的魔力。」

她曉得我們是為了尋人才來，並不是要買畫，仍然很有耐心地回答我們的問題，唯獨畫作提供者的身分與聯絡方式不便答覆，畢竟對方要求不得洩漏個人資料。

「我這兒常有附近學畫的爺爺奶奶來作客，大家美學素養程度不同，品味也不同，但是每個人都能從這件作品裡得到不同的東西，再怎麼對畫沒興趣的人，都覺得她是相當美麗的畫啊……阿姨實在很想見見創作出這件作品的畫家啊。」

彎出畫廊所在的小巷子，前方是由三條街道夾出的迷你三角公園，有著一把標誌性大鬍子的馬偕博士銅像和藹地凝望著對街的我們。

那張清單被我捏得皺巴巴的，打上問號的格子幾乎全改成勾勾了，只有那麼唯一一件就連沈阿姨都不知蹤跡——

「要去看看賣給附近咖啡店的第十三號嗎？」

我笨拙地唸出屬於那幅版次的標題。

「〈失落〉、〈異鄉星空下，思念遠方的至愛〉……」

「早兩天過來的話，或許還可以去一下。」

萁蘙盯著手機說，出了捷運站後，無論是前往畫廊的路上、在畫廊裡和沈阿姨攀談、又或是剛走出畫廊的現在，她始終專注在手機上。

「當務之急是在太陽完全消失前找到鋼琴。」

她刻意加重了「鋼琴」的咬字，我不懂她的意思，難道這幅版畫的版次能呼應蕭邦的《前奏曲》，就非得找來一台鋼琴做些什麼嗎？

腦中浮出按下琴鍵，牆上就會打開暗門，消失的石老師與空學長的畫都藏在某個暗無天日的密室裡的奇妙畫面。

「老街也許有音樂廳或是音樂餐廳……要不要回去問一下沈阿姨？」

我試著提出解決方案，萁蘙並不打算採納。

她猛地抬起頭，烏黑的長髮跟著揚起。

「走這邊。」

平常日傍晚的老街後半段不見人潮，遊客都停留在充滿小吃與遊戲攤位的前半段了，中段主祀媽祖娘娘的廟宇附近，則擠滿搶買古早味蛋糕的韓國觀光客，剛出爐的蛋糕香氣樸實又溫暖，經不起誘惑的我差點停下來跟著排隊。

「一分鐘不到的路程而已，時間綽綽有餘。」

我快步跟著萁蘼，穿梭在時光雕琢的街道中，老街洋人區意外地靜謐安寧，好像十九世紀殖民地式洋樓古蹟都在這附近，我卻從沒有好好遊覽過。

以前也曾來過淡水幾次，但就只知道夾娃娃和買巨無霸冰淇淋，在瀰漫著濃郁杏仁茶氣味的岔路便打道回府了，一直都不曉得這裡除了河景和觀音山外，跟其他地方的老街有什麼不一樣，現在覺得有那樣想法的自己實在太自以為是了。

「鋼琴……有限制使用時間嗎？太陽下山就不能彈了嗎？」

萁蘼看了我一眼，眉頭深鎖，她沒有回答我的問題。

「就是這裡。」

我們過了馬路，走進兩排房子間有些突兀的凹陷處，我本以為那是一條小巷，當不遠處有著尖塔與彩色玻璃的紅磚建築映入眼簾，才意識到自己所在之處是一個狹長的廣場。

我環顧四周，沒見到任何樂器，還以為這裡會有讓公眾自由彈奏的街頭鋼琴。萁蘬停下腳步，直勾勾地看著前方像是教堂的紅磚建築，鋼琴是在裡面嗎？

「行蹤不明的第十五首《前奏曲》，每個月就只有這麼一天會在此處上演。」

「咦？這裡？」

我以為自己漏看了什麼，再次認真掃視周遭。

廣場沒有任何植栽，左右兩側立了一些告示牌，似乎想要經過這裡的人目光都聚焦在前方的仿哥德式建物上。

萁蘬走向左側的告示牌，看著上面的文字，摸不著頭緒的我湊上前，發現上面印著名為《淡水風景》的油彩畫，一旁的紅牆則有「陳澄波戶外美術館」字樣。

「原來不是告示牌啊……」

「這裡同時展示了十二幅台灣第一代西畫家陳澄波的淡水風景畫，過去他的《淡水夕照》曾在香港蘇富比秋天拍賣會創下新台幣兩億多元的拍賣價。」

睫毛低垂，蒼白的臉上浮現些許疲態。

縱使陳澄波的年代距離我們有些遙遠，但他的畫作風格只要看了一眼就不可能忘記了，而他遭逢的歷史悲劇，就算只是粗淺地聽聞過，任誰都無法不被那樣巨大的時代傷痛刺穿胸膛。

「二二八事件爆發時，陳澄波與另五位嘉義仕紳擔任『和平使』，前往水上機場希望與國民黨軍隊進行協商，卻遭到拘捕。三月二十五日，在羞辱式的遊街後於嘉義火車站前遭士兵槍決……從此陳澄波三個字成了禁忌，而他的妻子張捷女士將其一萬八千多件畫作密藏於家中閣樓，三十多年後才在其同學與學生協助下修復，重見天日。」

站在紅磚環繞的戶外美術館，就像被他濃郁厚實的油彩包圍般，置身於他筆下的淡水景色之中，藉由樸實拙美的筆觸聞到了混雜木頭味的潮濕空氣，那是沾染上淡水河的風，還是午後的滬尾下了一場雨？

左手邊七幅與右手邊的五幅不對稱地相望，十二件畫作將時光凍結在陳澄波從海外返台的那段黃金歲月。

「咦？」

我愣愣地看著萁蘦，雖然沒有學過鋼琴，基本的音樂常識還算有……我好像明白了些什麼。

「代表白鍵的七與代表黑鍵的五，通往禮拜堂的藝術穿堂就是他的琴鍵……」

萁蘦面無表情地抬起了雙手，像是前方擺著一架看不見的鋼琴。

「我不曉得石善涯為什麼會將空學長的版畫與陳澄波的戶外美術館連結在一起，也完全不認為世上任何的悲劇與傷痛，是可以比較與互作比擬的。也許……就只是兩年前的某天，在他猶豫著要不要落腳淡水的某個瞬間，他想到了藏畫的張捷女士，想著她的悲慟、想著她的堅強，以及他們夫妻之間堅貞不渝的——」

「——露草色？」

一道含糊的低沉嗓音驀地打斷了萁蘦，我們悄然地回過頭。

茜色晚霞灑落在戴著長方形細框眼鏡的男子身上，他滿臉鬍渣，乾得像稻草的頭髮隨便在腦後綁成一束，單薄的白襯衫外罩著朽葉色的羽絨外套，破損的牛仔褲沾滿了乾涸的顏料，懷裡抱著一大疊便利商店的微波食品。

我們對看了數秒，沒有人搶先打破沉默，忽然間，他像被逮個正著的小偷猛地轉身，踩著藍白拖直往禮拜堂的階梯跑去。我急忙追上他，一把拉住他的外套下襬。

「您是石善涯老師吧？」

我的聲音在發抖，心臟彷彿就在耳邊跳動。

「您還記得我嗎？很久很久以前我們見過一次面！我是因為您的鼓勵，而去露草高中就讀的——」

「你、你認錯人了……」

他慌亂地撇開頭，鬍渣、皺紋、頹廢的外型，與我的記憶、與空學長畫的肖像截然不同，但是直覺告訴我——就是他，他就是給了幼小的我夢想的人，使我真正喜歡上畫畫的那個人。

「老師，我們解開了版畫上的謎團，才終於找到這裡的！」

我激動地喊著，他不停扭動著脖子，像是故意要別開臉，不讓我看清他的長相，可我根本就不記得他的模樣，我唯一能夠判別的，就只有那雙閃爍光芒的晶亮眼眸。

但那藏在鏡片後的雙眼，如今卻毫無光彩。

「聽不懂、聽不懂啊，什麼版畫不版畫的，我就是個專搶乞丐時光的乞丐！小朋友，你認錯人了！」

「——**但死亡在此，在陰影中。**」

清亮中流露著些許稚嫩的嗓音高聲說道。

「消失的第十五幅版畫指出了你現身的日子，『陰影中』可以視為太陽即將下山，夜晚降臨的時刻。每個月十五號的傍晚，你就會出現在『鋼琴』上，來回遊走。」

我恍然大悟。

今天，正好是十五號。

「我……聽不懂妳在說什麼。」

石老師不再掙扎，他低著頭嗚咽道，一股沉重的氛圍自他身上瀰漫開來。

「蕭邦《二十四首前奏曲》中的第十五首，最廣為人知的〈雨滴〉……你將代表這首曲子的版畫留在身邊了。至於畫上的『Sand』指的正是蕭邦曾經的戀人喬治・桑。」

「妳……我聽不懂啊！我不像你們是什麼名校高材生！聽不懂妳在說什麼蕭什麼版的！」

萁蘐步步逼近，過長的瀏海在石老師臉上罩下陰影，他仍在裝傻，卻藏不了深沉的悲傷。

緊揪著他衣服的手顫抖到愈來愈嚴重，我好怕不小心一鬆手，尋覓已久的他就會竄進山城小巷裡消失無蹤。

——必須說出來……必須說點些什麼，讓他留下來才行……

即使無法呼吸，即使天旋地轉，即使會全身麻痺，倒地失去意識……都必須說出來。

「老師……我是因為您才會加入露草高中美術社……」

我虛弱地說著，肩膀無法控制地蜷縮成一團，拉著他的手正在失去力氣。

「成為露高美術社成員曾經是我的夢想……我唯一的夢想……」

「**請你一定要來我們學校，加入私立露草高級中學美術社！**」

那閃耀著空色光彩的眼睛，那熱情又溫柔的邀請，那發自內心的真誠……

加入露草高中美術社是那樣渺小的我第一次擁有的夢想啊。

——是眼前這個人賦予我的夢想啊！

「……曾經？」

他悶悶地重複了這個詞，我不知道是因為困惑，還是什麼。

緊揪外套的手終究放開了，奇怪的是，一直閃躲的石老師卻沒有逃跑。

「嗯，這個夢想……已經變成過去式了……」

我抬起頭對他微微一笑，那瞬間，鏡片後的眼睛短暫閃現我思念的光芒，他微微聳起肩膀，好像想要拍拍我或是給我一個擁抱，可是雙臂間實在抱著太多超商特價食品，完全騰不出手。

「哈哈哈哈哈哈哈哈哈哈——」

可能是被這份尷尬給逗樂了吧，他突然放聲大笑，但很快又感傷地看著我。

「是嘛……你的夢想也被摧毀了啊……那裡果然是個被詛咒的地方呢，哈哈哈哈哈哈……」

石善涯故作帥氣地甩開瀏海，他溫柔地說道：

「你們兩位已經看到我了，這樣就夠了吧？恭喜你們解開版畫上的謎題，可惜我現在沒有手幫你們鼓掌，哈哈。」

「老師……」

我深吸了口氣，漠然地看著極力擠出笑靨的石老師。

「空學長的畫呢？你全部藏起來了嗎？」

「欸？你們怎麼會知道……」

「謎團背後所有的真相，我們全解開了。」

萁虈正色宣告，強硬態度反而令石善涯又抬起了穿著拖鞋的雙腿，隨時準備開溜，而我已經沒有把握再次追到他、不讓他離開了。

「老師，我只有一個問題想問您。」

黑髮的魔女毫無畏懼，也絲毫不擔心怯弱的昔日師長潛逃。她來到我身旁，凜冽地盯著石老師，石善涯不停躲避她的視線。

「您……愛著空學長嗎？」

我瞠目結舌地來回看著初次見面的兩人。

「您若願意回答我，我就將這個東西交給您。」

萁虈舉起薄薄的帆布袋，身手俐落地從中抽出一本黑色精裝封皮的水彩畫本，那正是去年秋天，我在美術教室儲藏間發現的瑰寶，被「怪盜杜賓」偷走的空色畫集。

星期三的魔女……是從哪裡找回來的？

石善涯徐徐地呼了口長氣，他終於不再嬉笑，不再掙扎，我彷彿看見畫集最後一幅人物肖像以全彩的面貌重現眼前。
「你們倆叫什麼名字？」
他沉聲問道。
「一年信班尹心譽。」
「曾萁蘙。」
「心譽、萁蘙是吧……」
好像，有一抹很淡很淡的藍悠然飄盪在我們之間。
「跟我來吧。」

「這我現在的家，抱歉地方又小又舊，但租金實在太香了。」
石老師帶我們沿禮拜堂旁邊的小巷不斷往上走，爬過無數的階梯，在狹窄的小徑裡左彎右拐，最後抵達一棟外觀灰灰破破的屋子，上了二樓。
搖搖欲墜的門板之後是一眼就能看盡的房間，滿地都是無法用眼睛區分出類別的雜物，就連走路的空間都所剩無幾。

顏料的氣味、潮濕的霉味、衣物鞋襪的悶臭、玻璃瓶裡揮發的酒氣、令人窒息的菸味，五味雜陳地全混在一起，我感到一陣暈眩。

但是，這裡卻有著宛如從「萊莉亞」偷來的，一整片能夠飽覽淡水河與觀音山美景的大玻璃窗。夕陽西斜，溫潤的光芒映照在窗前的矮茶几上，一台桌上型電腦連接著繪圖板，與不知道累積了幾個月、高聳入雲的泡麵紙碗比鄰，螢幕上是個正在上色的日本動畫風人物。

「我現在就畫些免洗糞Game的圖維生，不過AI出來以後，這種Case少了很多。」

老師的長腿熟練地跨過滿地雜物，好不容易開了窗，靠出海口的風裡有海水的鹹味，屋內的紙張像鳥兒振翅一樣啪噠作響。

「本來去年我還在附近老社區當管理員，他們新年後換成物業公司，我只好繼續畫這些圖囉。」

他將泡麵空碗塔推到一旁，懷裡的折扣微波食品擺在離窗最近的位置，然後在電腦前席地而坐。

「抱歉，沒有東西招待你們啊，隨意坐吧。」

萁藣不為所動，我尷尬地看了看雜亂的地板，還是決定站著了。

石老師自顧自地打開一盒微波食品，從腳邊拿出一只電熱水壺，像泡泡麵似地注入熱水。

「空學長的作品呢？」

萁蘿冷靜地問道，石老師從雜物堆裡挖出一根湯匙，攪拌起那盒食物。

「在壁櫥裡，全都好好保存著，你們要看看嗎？」

石老師放下餐盒，再度跨越重重阻礙來到我們旁邊，拉開藏在牆裡的櫃門。

除濕機嗡嗡響著，石老師點亮了櫃子裡的小燈，無數的畫或裝裱成框，或捲成筒狀裝在透明的塑膠袋裡，全都收拾得整整齊齊，還貼著標籤寫上編號做了分類，與櫃外的空間簡直天壤之別。

我忍不住翻閱那些畫作，獨一無二的靈魂以我未曾想像過的綺麗色彩躍然於畫紙上。我深刻地明白，用再多的言語、再多的筆墨去形容眼睛看見的一切，都是狂妄的褻瀆……

「妳叫萁蘿對吧？」

石老師回到他的寶座，吃起與美味無關的食物。

「妳到底知道多少？誰告訴妳的？空他媽嗎？」

進門之後，萁蘿便一直站在稱得上是玄關的地方，像具人偶面無表情地盯著石老師。

「傅紫玉怎麼可能說的出口呢……對她而言，那就像以兒子身分誕生於世的空，不願承認自己的存在，嫌惡著她取的名字，怨恨著她誕下的生命，而且，空是自己親手結束了性命，這等同於完全否決了傅紫玉的人生。無論再怎麼思念空，再怎麼精心將房間保持著空仍活著時的樣貌，傅紫玉始終無法在只剩她一個人的家裡擺出空的照片，那對她來說太殘酷了。」

萁蘼沉著臉幽幽地說著，將沉浸在畫裡的我拉回了現實。

「所以，我想空……大概是名外表中性的……」

萁蘼似乎在斟酌用詞，卻遲遲說不出口，她有些沮喪地陷入沉默。

「妳說對了，空啊……他就是外表雌雄難辨、給人一種柔弱感的憂鬱中性少年，從小因為那樣陰柔的氣質老是被欺負。」

石老師看向窗外，故作輕鬆地說著：

「起初我也被那張秀氣的臉給騙了……空那傢伙可不是什麼內向害羞的乖乖牌啊，反而是個難以捉摸、性格乖僻任性、古靈精怪的孩子，尤其是那張嘴可不輕易饒人呢。空狀況好的時候啊，可以從走廊的這一頭沿路不停反唇相譏，追罵著人直到另一頭才肯罷休，但是，當他狀況不好的時候……」

老師低頭看著餐盒，握緊了湯匙。

「空會割傷手腕，還拿水彩筆沾自己的血作畫……」

我想起有篇新聞提過，空學長疑似患上憂鬱症。

「當血乾了、血色變了後，他又會發起脾氣，邊撕碎那些畫，邊哭著說自己果然很骯髒……像垃圾一樣。」

似曾相識的自我厭惡重擊著我的胸口。

「『像我這種垃圾，這個世界上不可能會有人愛我的』……在空逃家，住進我那時的租屋處後，他老是這樣喃喃自語。那時，空的雙親天天吵離婚，他的精神狀態已經瀕臨邊界，竟然以拜師學畫為名義，自作主張提著大包小包來找我。櫥櫃裡的畫都是那個時候他帶過來的，不過，更多是當時他在我家畫的……」

夕陽在老師臉上灑下深沉的酒紅色，光影對比強烈而深刻。

「那樣的創作能量，現在回想起來仍覺得太不可思議了……雖說空一加入美術社，在第一堂社課，我一眼就看出這個孩子跟其他人完全不同，任何的畫具、畫筆、顏料、媒材一握進他手裡，即便是其他學生揉爛的廢紙，他都能輕易創造出嶄新的可能……」

他的聲音夾雜著驚喜與痛楚，對於曾經也是被他人視為天才的石老師來說，這段見證深埋著多麼矛盾複雜的情緒。

「空是天才……真正的天才啊。那與生俱來、沒必要拜師學藝的驚人天賦，不需要透過比賽證明自己，是我這個驕傲自負的人畢生都不可能達到的境界。發現了空以後，我終於甘心承認自己，就是個比一般人多學了點畫畫技術的傢伙罷了。然後，我第一次有了想要認真栽培一個孩子的念頭。」

於是，石善涯老師將長年累積下來的眾多資源，曾在藝術圈打滾而收集到的各種機會，將自己的時間、期望與無數的關愛都放到了空的身上，兩人很快便成了無話不談的忘年之交，得知空從小總因不同於刻板男性的外在被欺負，甚至連母親都不認可他的氣質，剪破他探尋自我時偷買的女裝，燒掉他加入大量陰性、陽性曖昧不明符號的自畫像，強迫他要像勇敢強壯的男孩，以此來維繫夫妻間搖搖欲墜的感情。

原本空應該會在伯樂的栽培下徜徉於藝術中，與繪畫為伍，並為自己的痛苦找尋到解答，本來應該如此的……

然而，不知道是上天開的玩笑，還是命運使然。

空學長喜歡上了石老師。

特別受老師關愛、才華洋溢卻又個性古怪的空，在自己的畫作裡毫不隱瞞他對老師的感情，同學與社員對他的嘲笑與敵意更因此反增不減。不過，真正讓情況急轉直下的是——雙親堅決離婚，無處容下自己的空，毅然決然地住進石老師家中。

「雖然我極力堅守師生間的界線，但其實我自己腦袋裡也是一團亂啊，還把交往很久的女友氣跑了。」

石善涯深深吸了口氣，他放下湯匙，盯著窗外。

「如果時間倒流，回到他出現在我家門口的那一天，我還是會收留他吧。即使知道他一跨過門檻，就沒有轉圜的餘地了……那短短兩個月，或許是我們這輩子最珍惜的時光。」

就算石老師始終沒有正面回應過空的感情，總說一切等空畢業後再說，或是強硬地表達「不希望被外界認為自己在利用權勢玩弄學生的心」，但他細心照顧著空的生活起居，教給他更多美術的知識，打開了更廣闊的藝術視野，這樣曖昧不明的關係，反令空陷入更加強烈的愛戀拉扯中。

新學期，在春天到來的某天中午，總利用午休時間前來美術教室畫畫的空，看見石善涯趴在桌上，不小心深深地睡著了，他忍不住走上前，彎下腰，偷偷吻了他微啟的雙唇。

這本來只會是空永遠深埋內心的美麗秘密，卻不巧被來教室找東西的社員撞見了，那人甚至以手機拍下了那一幕……

美術社員本就對空的才華和古怪的性格相當不滿，空與老師關係過於親密的謠言早甚囂塵上，如今接吻的照片成為鐵證，排山倒海的壓力、各方無盡的爭執與指責蜂擁而至。

為避免新聞媒體嗅到名校醜聞，校方大刀闊斧儘速展開處理，石善涯決心離職來結束一切，願背負所有責任也要保護空，空的父母因兒子和同性老師爆出師生戀大受打擊，空則意識到自己毀了老師的教職生涯與名譽，墜入絕望。

石善涯停止說話，曾經俊朗的臉上皺紋清晰可見，他低下頭，從茶几下方拿出一枚木盒，萁蘼與我不發一語走向他。

盒蓋掀起，裡面是幅破碎的版畫，鳥與魚被撕碎後重新拼湊，拼接成非鳥非魚的生物，後方露草色薔薇仍敞開花瓣襯托著牠們，一樣的筆跡淡淡地寫著15／24，Sand。

——〈雨滴〉、〈但死亡在此，在陰影中〉。

「這是空親手撕毀的，就在他……跳下來的前一天。」

他呼了口好長好長的氣，鈍然無光的雙眸掉進記憶裡的那一天。

「明明春天已經到了，被拍到照片的那個中午，天氣溫暖怡人，但就像蒼天開的玩笑一樣，事情發酵後氣溫也跟著驟降。那一天，我剛從學校回來，他答應了我那晚會搬回家……」

那天很冷，下著細冰似的春雨。

一打開門，室內昏暗，一個瘦削纖細的身影坐在工作桌前，像昏厥似地側臉靠著冰冷的桌面，桌上堆滿了空畫到一半的習作，以及剛印製完成的石版畫，音量轉到最大的手機正播放著蕭邦的〈雨滴前奏曲〉。

空沒有特別喜歡蕭邦，他本以為蕭邦就是個被貴婦包養，耽溺在自己琴聲裡，為賦新詞強說愁的病氣小白臉，反倒是石善涯很喜歡蕭邦，住在一起的那兩個月，他帶著他聽遍蕭邦的每一首作品，在詩意的鋼琴聲下揮灑著繽紛燦爛的色彩。

如今，趴在桌上的空失去了所有的顏色，慘白而無力，彷彿對他輕輕吹氣就會散落成棉絮，不復存在。

「啊，老師，你終於回來了啊。」

空燦爛地笑著看著渾身濕漉的石善涯，美麗的眼底卻是無盡的悲傷。

「還以為你死在路上了呢。」

不改嘲諷的任性口吻，但他的聲音在顫抖，石善涯知道空在害怕，他很清楚空對於失去自己有多麼地恐懼，可是理智不斷地告訴石善涯——這個孩子再怎麼才情橫溢，再怎麼任性可愛，再怎麼古靈精怪……終究是他的學生。

「他不願意回家，不願意與我分開，他想要我帶他走，不管我要去什麼地方都可以。」

——**只要能跟你在一起，不然我們一起赴死也可以。**

石善涯輕描淡寫地說著空與他的最後一次對話，我聽得寒毛直豎。

「我拒絕帶他遠走高飛，我知道他嚮往著私奔，可是我的道德告訴我不能這麼做，就算我承認自己欽羡他的才氣，深受他的靈魂吸引，想要好好的幫助他、陪伴他，但是……我是以老師的身分和他相遇的啊！」

石老師的嗓音低沉而顫抖，這段令人心碎的往事在夕日的映照下，渲染了一層無以名狀的酸楚。

「像他這樣遍體鱗傷的孩子，真的知道什麼是愛情嗎？他真的是因為戀愛而喜歡我，不願和我分開嗎？」

他閉上了雙眼，啞聲說道。

「我告訴他我最後的決定——我離開露高，他乖乖回家，繼續讀書，等到他長大以後，如果他還記得我，如果我們還有緣分能夠相遇，那就再說吧……」

對空來說，石老師這番話無疑是最殘忍冷酷的決定。

「他撕碎了第十五幅版畫……冒著雨衝出我家，我很害怕，想聯絡他的父母、班導師、社長，或是學校裡隨便一個認識他的人，曾說會好好關心他的人……卻沒有人願意接起我的電話。膽戰心驚過了一晚，隔天我衝去空的家，想要再一次、好好地跟他道別，卻收到他跳樓的消息……」

他苦笑了一聲，粗糙的手指憐惜地輕撫破碎的石版畫。

「我過了一段行屍走肉的日子，某天回過神時，這幅畫已經被我拼成這個模樣了……」

剩下的故事我們都知道了。

喪子又離婚的傅紫玉一方面自責，一方面也將矛頭指向露高美術社，直指學生刻意偷拍照片逼死自己的孩子，美術社面臨廢社，剛直升高中部的古依接下社長職務，動用家族人脈關係封印整起事件，抹去了空與石善涯的痕跡，此事也成為美術社的逆鱗，絕口不提的秘密，辭職的石老師則帶著空所有畫作消聲匿跡。

「空……就跟我親手殺死沒兩樣啊，我最後還是拋下了他啊……」

一起葬身的不只是空的生命，連同石善涯自己的人生、夢想都碎裂了，幻滅了。

「我必須為他做點什麼，可是我沒有勇氣見任何人，也沒有任何人願意見我……我應該要是最了解空的人啊，他說他想跟我永遠在一起，就算雙向赴死也沒關係……我太膽小了，就帶著所有的畫走了，輾轉找到這間租屋，躲在這裡。」

「但是你又矛盾地希望有人記得你、找到你，就像有人能聽見空的心聲一樣。」

萁蘼終於開口，她柔聲說著：

「於是，每個月都帶著薄弱的期待站在自己設下的謎底前，等著看出真相的人現身。你深信——也許那樣的人就會願意聽你談談空，聽你述說空稍縱即逝的人生。」

石老師不再說話，他捧起看起來有點詭異的泡水超商食品大口扒著，邊咀嚼邊撇頭望向窗外絕景。

這就是美術社逆鱗的全貌，也是石版畫謎題的真相，是無聲的控訴、悲痛的呼喚、被人們刻意遺忘的……一位為自己命名為「空」的天才畫家的故事。

每位活了下來的人，都認為自己是真正殺害了他的兇手，但他們其實只是懷抱著連自己都難以察覺、無止境的悲傷。

看著石老師的背影，一股激動的情緒油然而生——他絕對搞錯了什麼，還是因為傷心過度而忽略了什麼……

在我忖度著該如何開口時，萁蘼拿出了空的畫冊，交付給我，茶色眼眸意味深長地眨了眨，我頓時有了勇氣。

「老師，您有多久沒好好看著空前輩的畫了呢？」

只要看了就感覺到的，只要看了就會想起來的，無論空的內心再怎麼痛苦掙扎，無論空的遭遇再怎麼淒涼感傷……

石善涯懶洋洋地回過頭，鬍渣上沾著食物渣滓，我掀開最後一幅畫作，那個望著窗外悠然吞雲吐霧的男子身影，他黯淡的面容漸漸亮了起來。

「不管是櫥櫃裡的畫，還是這本藏在美術教室的畫冊，空前輩無人能夠取代的美麗作品裡，每一筆、每一畫都有療癒人心的力量啊！」

空從沒畫過殘酷的作品，就算憂傷也蘊含著優美，即便陰暗也藏有光輝。

「您不應該繼續藏著空的畫，這些真誠而美好的作品，一定能夠……」

我話還沒說完，便被眼前的景貌震懾地說不出話。

眼淚撲簌簌滑落布滿皺紋與鬍渣的男子面容，石善涯渾身發抖地伸出了雙臂，從我手中接下了空色畫集，望著畫裡的自己無聲飲泣。

盈滿淚水的無神雙眼，終於恢復了那令我惦記了十年，難以忘懷的晶亮光彩。

◆

作為交換，石善涯將空前輩平時胡亂塗鴉寫字的筆記本給了我們，委託我們轉交給傅紫玉。

常有人將置身囹圄的自我，比喻為困在水缸裡的魚……

娟秀的字跡以空色的中性筆寫著。

也常常有人將之譬喻為關在籠中、無法振翅飛翔的鳥……

「別透露我躲在這裡啊。」

不久前還哭的一把鼻涕一把眼淚的石老師，離別時大剌剌地笑著警告我們，很難想像曾有一名天使般的天才深愛過他。

「等我準備好以後，我會想辦法聯絡空他媽的，只不過也得她有想要見我才行啦……」

山崗上的破房子前，獨居的落魄畫家用力揮舞著手。

「我不會永遠藏著空的畫啦！」

……在我狹隘的眼裡，不管是被飼養的魚還是被囚禁的鳥，牠們仍然擁有著一絲絲微乎其微的幸福，與一點點並非遙不可及的希望。

我很羨慕牠們。

至少，牠們不像我。

不像我，連自己是魚、是鳥——都不知道。

時間繼續往前走了。

空與石老師，既不是陳澄波與張捷，也不是蕭邦與喬治桑。

……沒有人希望我誕生，沒有人會因為我的存在感到快樂。

我的生命傷害了太多的人、破壞了過多的關係、摧毀了許多的家庭，造成了悲劇。

像我這種垃圾，這個世界上不可能會有人愛我的。

筆記本裡藏著空大半的憂愁，許多念頭不知不覺間與我的心情重疊著。

也許仍有著根本的不同，但我們都對於自己的存在感到迷惘，對自己的降生感到羞愧。

我因此止步不前，空卻未曾停下腳步。

如果自己是魚，就繼續向前擺尾，如果自己是鳥，那就展翅躍向天空。

空從來沒有停止畫畫，畫畫宛如他的本能，從體內深處不斷自然湧升的火焰，不為誰而畫，就只是想畫而已。

老師在教室裡偷抽菸被我抓到了，真是個壞孩子。

我也很壞，那就畫下來吧。

老師說我有千年一遇難能可貴的有趣靈魂，我覺得他只是怕我檢舉他抽菸。

他還送我好貴的水彩顏料，說自己沒在畫了。

我好像喜歡上老師了。

老師會愛我嗎？

只要能跟你在一起，就算一起赴死也心甘情願。

「傅紫玉阿姨和石善涯老師該怎麼樣和解呢？」

我將筆記本收進書包裡，一邊小心踩著長了青苔的石階，一邊喃喃自語。

走在前頭的萁蘬停下腳步，皺眉回望著我。

「……你不會又要別人辦畫展吧。」

「對耶！開紀念展！真是個好主意啊！」

我興奮地舞動雙手，腦海浮現掛滿空作品的展間。

「真希望石老師和空前輩的母親能夠合辦紀念展啊！在專業的燈光下看那些畫作絕對……」

——會更幸福的吧！

老師不再藏畫，阿姨不再怪罪自己，美術社破滅後重生……只要看了空前輩所有的畫作後，他們一定會明白的吧？一定會懂的吧？畢竟他們是這個世界上與空最最親近的人們了。

空雖然有著此生未解開的悲痛，但空終究是愛著這個世界的，任誰看了空的畫都會感覺得到的……

我決定，把悲傷與痛苦留給自己就好。

筆記本的最後一頁那樣寫道。

究竟是懷抱著什麼樣的心情從那裡墜落的呢？他找到答案了嗎？是飛向空中的鳥

兒？還是潛入水中的魚兒？

空一定知道的吧，他早將答案永遠留在那些畫作裡了啊。所有光彩奪目的一瞬，所有心懷悸動的時刻，所有的美好……再怎麼痛苦，空都畫著幸福的色彩，眼裡只容許留住幸福的色彩。

石版畫的重點不是魚也不是鳥，破碎的〈雨滴〉重新拼回後，唯一不變的是那盛開的薔薇，被雕琢得鮮豔欲滴的露草色薔薇。

在晚霞的伴隨下，我們倆一步步拾階而下，原本能遠遠眺望的淡水河漸漸被岸邊低矮的房子與樹木遮蔽了。

「妳是什麼時候看出真相的呢？」

美景炫目得令我出了神，不小心洩漏了心中的困惑。

萁蘙精緻的臉蛋上流露出些微倦怠，但還是認真地給了我回應。

「如果我說，是第一次去梅俐姊那兒見到那幅版畫的時候，你會相信嗎？」

那是什麼時候啊？應該不是和我去的那次吧？

「可是，就算是那樣，要怎麼樣才衍生出那些想法？況且妳的推測命中率根本是百分之百耶？」

我激動地說著，影子在後方手舞足蹈。

「妳其實會魔法對吧？還是……妳真的是某位名偵探的女兒？」

「……就當作直覺吧。」

以前不是吐嘈過我，說世上沒有直覺這回事嗎？怎麼現在又改口推卸給直覺了呢？真是奇怪的女孩。

這一次我閉緊嘴巴，沒有又不小心脫口而出。

依照石老師告訴我們的神秘路線，沿著兩側全是雜草的石梯一路往下走，不一會兒便抵達了紅毛城門口，開放參觀時間已過，遊客也早已散盡。

門前一株高聳直立的風鈴木，綻放著過於鮮豔的洋紅，就連落日餘暉都影響不了她的色澤。我們停下腳步，靜靜注視著迎風搖曳的繡球狀風鈴。

萁蘐抬起手，將黑髮撩至耳後，仰起了線條優美的下頷，她被那株絢麗盛開的風鈴木深深吸引了。

而我，被她凝視著洋紅風鈴木的姿態——被染上夕色的妳，深深吸引。

為什麼這樣美麗的妳，會找蒼白無色的我作為助手呢？

為什麼會如此義無反顧地拉起我的手，觸碰美術社的逆鱗呢？

為什麼要像私奔的戀人一樣帶我去看海，又帶我來這以絕美夕日聞名的小鎮呢？

為什麼我胸口那樣滾燙呢？

為什麼我無法從妳身上移開視線呢？
為什麼我會想要將此刻的瞬間，永遠永遠烙印在腦海裡呢？
眼前浮現了春日午後打著瞌睡的石老師，還有躡手躡腳走進教室的空，他像個惡作劇的小精靈，輕啄了毫無防備的唇瓣。
胸口鼓譟，灼熱，渾身麻木，好比一道無法操控的電流竄入體內，然後隱隱流動至我的手上。
——為什麼……要自稱「魔女」呢？
我有千百萬個關於妳的問題。
只要畫的話，是不是就能找到答案了呢？

「心譽，回家吧。」
她緩緩地轉身對我說，揚起微風一般的笑容。
我們並肩而行，沿著波光粼粼的金色水岸往捷運站走去。
制服外套的袖子偶爾親暱摩擦，又突然像浪潮一樣拉開距離，忽遠忽近，只有那我仍然不知道名字的花朵芬芳始終飄蕩在空氣中。
紫與紅的漸層悄然落幕，已經完全看不到太陽了，向東走反而走進了夜色裡。

露草色的薔薇依然璀璨地綻放。

《褪色的我與染上夕色的你：狼人殺謀殺案》完

課間：正位的星星

拯救了大家的帳號以後，何曉實這陣子最大的心願就只剩下——過年期間和好朋友們一起放煙火了。

可是在北台灣的都市裡，要找到願意賣給小學生煙火的商家，恐怕比揪出連續殺害無數論壇帳號的邪惡狼人還要困難。

她與洪愛芮、倪珂從小年夜開始一直到初九天公生，幾乎跑遍方圓百里的雜貨店與夜市裡偷偷擺賣的煙火攤，可是商家們只肯出售仙女棒。

何曉實只好再次向「星期三的魔女」求助，偏偏年假時曾萁蘙不曉得在忙什麼，根本不回訊息。

「魔女姊姊大概被其他的委託案纏身吧……」

何曉實只好這樣安慰自己，打算將全部精神灌注在寒假作業上，沒想到魔女姊姊就在她已經決定要放棄的時刻來了電話。

「元宵節要不要一起出去玩？我知道一個不錯的地方……」

「——那裡可以放煙火嗎？」

冬季尾聲的煙火派對就決定在元宵節舉辦了，雖然何曉實總覺得這樣太像在慶祝開學，但至少她卑微的願望，還是在農曆一月過完前成功實現了。

期待已久的元宵節終於到來，除了何曉實、洪愛芮、倪珂和曾萁蘤外，同行的還有黃育熙與尹心譽，曾萁蘤所謂的「不錯的地方」，是個位在偏遠北海岸，外表看似廢墟，內部卻別有洞天，名為「萊莉亞」的秘境咖啡店。

咖啡店老闆是派對裡唯一的大人，大家都叫她梅俐姊，爽朗可靠又很會做甜點，她在店的頂樓布置了廢物利用製成的燈籠，煮了熱騰騰的火鍋和湯圓，還準備了裝滿各式煙火爆竹宛如彈藥庫的露營推車。

「未滿十二歲的兒童要有大人陪同才能放煙火唷。」

梅俐一邊介紹各種盒裝煙火會以什麼樣的形式綻放，一邊分配給三名小女孩，要她們自行討論好施放的順序。

女孩們興奮不已地抱著紙盒小跑步離開時，被激起母性的黃育熙急忙擔憂地跟了上去。

今日身分為搬運工的尹心譽正猶豫著要不要也跟著她們，一旁的梅俐忽然雙手叉腰，有些哀愁地嘆了口長氣。

「看著這票青春洋溢的小女孩，就好像我多了一打妹妹一樣。」

「妳的數學還好嗎？這怎麼算都只有半打吧？」

捧著火鍋湯啜飲的曾萁薵忍不住吐嘈，梅俐馬上敲敲她的腦袋。

「長了一歲，嘴巴倒是沒什麼長進呢。」

梅俐望著女孩們的背影，露出苦澀的笑容：

「我啊……有一個妹妹，她有小薵的正義感，卻很不冷靜，有小熙的活潑與朝氣，卻非常不會說話，她像小實那樣天真，卻少了她的機靈，還超級愛哭……唉，真想念她啊！可惜她……」

尹心譽瞪大雙眼，半張著嘴，慌張地不知所措，他最不會應付哭泣的女生了。

「對、對不起。」

他求助地看向仍慢條斯理吃著晚餐的曾萁薵，暗想著她是這裡認識梅俐最久的人，也是今晚煙火派對的主揪，聰明如她，怎麼可能沒想過這三名小女孩會害人家觸景傷情呢？

「……現在在高雄的音樂廳當藝術行政呢，真是想不開。」

「——欸？」

惶恐到連道歉都說出口的尹心譽，一臉困窘地看著故作拭淚的梅俐，後者開始以舞台劇式的誇張表情述說著真相。

「唉，命運如此殘忍，我們這對閨蜜般的好姊妹就這麼被拆散了，一個在台灣的最北端，一個在台灣的最南端，遙遙相望……就像牛郎織女一樣，一年不知道見不見得到一次面……」

「梅俐姊的妹妹工作場所若是在衛武營的話，那裡是高雄鳳山。」

曾萁蘼又舀了一碗熱湯，她不以為然地說著：

「離最南邊的鵝鑾鼻還有一百一十多公里遠。」

「墾丁不就在高雄旁邊嗎？」

「妳的地理還好嗎？」

尹心譽這才發覺自己被耍了，忽起的冷風害他鼻子一癢，打了個噴嚏。

「心譽哥哥——」

「助手哥哥——」

不遠處傳來小女孩們此起彼落的呼喚聲，他揉揉鼻子，望向歡欣鼓舞的嬌小人影。

黃育熙在她們之中特別顯眼，仿若韓國女團的時尚裝扮與蜜糖棕的捲髮，精心的打扮與年前的她沒有什麼不同，唯獨臉上的笑容變少也變淡了。

「心譽哥哥——過來幫忙——」

她是四人中唯一沒有開口喊他的，以前她一天內可會喊上他十二次的。

縱使有些沉重，尹心譽還是小跑步奔向了她們。

「準備好唷，要跑遠一點喔！」

她們喚他過去，將點燃第一盒煙火的重責大任交給了他。

「加油哇！」

「助手哥哥加油！」

「心譽。」黃育熙默默地叮嚀，「注意安全……」

點燃引信。

所有人立刻掩住耳朵，大呼小叫地跑回擺著長桌煮火鍋的水泥露臺。

「嘩……」

「好漂亮啊！」

咻地一聲，第一發煙火打上了夜空，金黃色的火花在半空中分裂成不同色彩，隨後如點點星辰般緩緩墜落。

仰望著煙火，尹心譽的心境突然跟著開闊了起來，他回頭望向梅俐身旁，坐在台階上的黑髮少女。她總算吃完了晚餐，雙手撐著臉頰，百無聊賴地看著煙火，像是沒什麼興趣似地。

「好啦，接下來看梅俐姊來一發更大的！」

「好耶！」

「梅俐姊好帥！」

梅俐不畏冷地挽起衣袖，擔當起點燃煙火的要角，小女孩們拉起黃育熙的手，興高采烈地圍著梅俐跳起奇怪的舞步。

神色淡然的少女靜靜地遠望著她們，思緒飄蕩到無人知曉的往昔。

「妳怕火嗎？」

少年的聲音喚回了她，卸下重任的尹心譽不知何時點燃了仙女棒，來到她身旁。

「……不怕。」

曾萁蘦嘟囔著，天生髮色較淺的少年傻呼呼地笑著，遞給她一枝新的仙女棒。

點點金光中藏著若隱若現的紅光，兩根仙女棒交錯，他們屏住呼吸，靜待著另一根火藥逕自燃燒。

劈里啪啦的爆竹聲響徹了海岸上空，梅俐一口氣點燃了多盒煙火，滿月高掛的黑夜頓時灑落無數繁星，女孩們高舉雙手大聲歡呼。

曾萁蘦手裡的仙女棒總算點燃了，渺小的光點平靜地放射，茶色眼眸看得出神。

「回去之後，我還是忍不住想起石老師和空前輩的事。」

尹心譽溫和地說，曾萁蘬發現，自從聽了空的故事，他便不以「學長」稱呼空了。

「空……為什麼會為自己取名為『空』呢？我原本以為是空色的空，甚至負面地想過會不會是空殼的空。」

他專注地看著手裡的仙女棒，沒發現曾萁蘬正直勾勾地盯著他。

「雖然有點太常見了，雖然這個想法好像有點俗氣……」

那張帶有西方混血基因的面孔，在他側著臉時更加明顯呢。曾萁蘬暗暗想著，在第一次見到尹心譽時，就是因為這樣才會不小心想起了同樣也是混血兒的——

「我在想……空說不定很喜歡梵谷呢。」

「梵谷？」

少年輕快的話語打斷了她的回憶，曾萁蘬愣愣地重述了那位荷蘭後印象派畫家的名字，語帶困惑。

「空——大概是指星空的空吧。」

蓬鬆的淺褐色短髮飄逸著，煙火下深邃的五官忽明忽滅，他一派輕鬆地笑了。

「我有話想跟妳說。」

在兩根仙女棒都燃盡了生命時，尹心譽在她耳邊悄聲說道。

是被那個笑容催眠了嗎？還是被什麼梵谷跟星空的話題攪亂了神智？

曾萁蘙努力回想著梵谷在法國普羅旺斯地區聖雷米的精神病院期間，望著窗外夜色畫下的名作《星夜》，想著裡面並沒有「空」這個字，但身體就像受哈梅恩的吹笛人操縱般，不知不覺地跟著尹心譽的腳步走進屋內。

他帶著她走進兩人第一次拜訪這裡時，曾萁蘙隨興選的那間可以看見一望無際大海，宛如溫室的空間。

桌椅都被推到了牆邊，最喜歡窩在這兒的灰貓師走也不見蹤影。

裡面只有一只木製畫架，與畫架上一幅小小的水彩畫。

——上面畫著她。

⬟

月亮被雲層遮住了，天上沒半點星星。

當花火在女孩們「哇哇哇」的讚嘆聲中打上夜空時，卻綻放出黃育熙此生見過最美的星空。

一心想顧好三名小學生的她，突然像從夢中驚醒一樣驀地回首——

青梅竹馬的少年與星期三的魔女不見了。

黃育熙心頭一緊，右手下意識地掐住自回國那天之後，便一直藏在外套口袋裡的塔羅牌。

不管作為警惕也好，看作祈願也罷，她心中的那顆星星似乎離她愈來愈遠……

她強忍著想要撕毀那張大阿爾克那的衝動，那張對抽牌的那個人來說是正位，但在自己的眼裡卻是逆位的——

VI. The Lovers。

定價
NT$300
HK$100

褪色的我與染上夕色的妳 九色曼荼羅遊戲

M.S.Zenky／作者　寿なし子／插畫

★特邀日本大手畫師寿なし子首度繪製商業誌封面！
專屬於少年少女的「鉛白色」青春物語就此展開——
那是具有毒性的蕭瑟之白。

認定世人皆藏有黑暗面的夕色少女，

在我茫然失措時，總伴著照進窗內的晚霞現身。

她是摧毀我夢想的「魔女」？還是拯救我的「女祭司」？

而我所謳歌的會是浪漫的校園戀曲？還是憂鬱的青春悲歌……？

褪色的我與染上夕色的妳

狼人殺謀殺案

作　　者＊M.S.Zenky
插　　畫＊寿なし子

2024年7月25日 初版第1刷發行

發 行 人＊台灣角川股份有限公司
總　　監＊呂慧君
編　　輯＊喬齊安
美術設計＊魏秀恩
印　　務＊李明修（主任）、張加恩（主任）、張凱棋、潘尚琪

台灣角川

發 行 所＊台灣角川股份有限公司
地　　址＊104台北市中山區松江路223號3樓
電　　話＊（02）2515-3000
傳　　真＊（02）2515-0033
網　　址＊http://www.kadokawa.com.tw
劃撥帳戶＊台灣角川股份有限公司
劃撥帳號＊19487412
法律顧問＊有澤法律事務所
製　　版＊尚騰印刷事業有限公司
I S B N＊978-626-400-277-6

國家圖書館出版品預行編目（CIP）資料

褪色的我與染上夕色的妳：狼人殺謀殺案/M.S.Zenky作. -- 初版. -- 臺北市：臺灣角川股份有限公司, 2024.07
面；　公分

ISBN 978-626-400-277-6（平裝）

863.57　　113006767